"俄罗斯文学译丛"系

"金色俄罗斯丛书"平装版

致群山中的她

——吉皮乌斯诗选

Ей в горах

[俄] 吉皮乌斯 / 著

汪剑钊 / 译

四川人民出版社

图书在版编目（CIP）数据

致群山中的她：吉皮乌斯诗选/（俄罗斯）吉皮乌斯著；汪剑钊译. —成都：四川人民出版社，2021.8
（俄罗斯文学译丛）
ISBN 978－7－220－12314－6

Ⅰ.①致…　Ⅱ.①吉…②汪…　Ⅲ.①诗集－俄罗斯－现代　Ⅳ.①I512.25

中国版本图书馆 CIP 数据核字（2021）第 105616 号

ZHIQUNSHANZHONGDETA：JIPIWUSISHIXUAN
致群山中的她：吉皮乌斯诗选
（俄）吉皮乌斯　著　汪剑钊　译

策划组稿	黄立新　张春晓
责任编辑	李真真　张春晓
装帧设计	张迪茗
责任校对	舒晓利
责任印制	祝　健
出版发行	四川人民出版社（成都槐树街 2 号）
网　　址	http://www.scpph.com
E-mail	scrmcbs@sina.com
新浪微博	@四川人民出版社
微信公众号	四川人民出版社
发行部业务电话	（028）86259624　86259453
防盗版举报电话	（028）86259624
照　　排	四川胜翔数码印务设计有限公司
印　　刷	成都国图广告印务有限公司
成品尺寸	140mm×203mm
印　　张	9.25
字　　数	175 千
版　　次	2021 年 8 月第 1 版
印　　次	2021 年 8 月第 1 次印刷
书　　号	ISBN 978－7－220－12314－6
定　　价	49.80 元

金色的“林中空地”(总序)

汪剑钊

2014 年 2 月 7 日至 23 日，第二十二届冬奥会在俄罗斯的索契落下帷幕，但其中一些场景却不断在我的脑海回旋。我不是一个体育迷，也无意对其中的各项赛事评头论足。不过，这次冬奥会的开幕式与闭幕式上出色的文艺表演给我留下了深刻的印象，迄今仍然为之感叹不已。它们印证了一个民族对自身文化由衷的热爱和自觉的传承。前后两场典仪上所蕴含的丰厚的人文精髓是不能不让所有观者为之瞩目的。它们再次证明，俄罗斯人之所以能在世界上赢得足够的尊重，并不是凭借自己的快马与军刀，也不是凭借强大的海军或空军，更不是凭借所谓的先进核武器和航母，而是凭借他们在文化和科技上的卓越贡献。正是这些劳动成果擦亮了世界人民的眼睛，引燃了人们眸子里的惊奇。我们知道，武力带给人们的只有恐惧，而文化却值得给予永远的珍爱与敬重。

众所周知，《战争与和平》是俄罗斯文学的巨擘托尔斯泰所著的一部史诗性小说。小说的开篇便是沙皇的宫廷女官安娜·帕夫洛夫娜家的舞会，这是介绍叙事艺术时经常被提到的一个经典性例子。借助这段描写，托尔斯泰以他的天才之笔将小说中的重要人物一一拈出，为以后的宏大叙事嵌入了一根强劲的楔子。2014年2月7日晚，该届冬奥会开幕式的表演以芭蕾舞的形式再现了这一场景，令我们重温了“战争”前夜的“和平”魅力(我觉得，就一定程度上说，体育竞技堪称是一种和平方式的模拟性战争)。有意思的是，在各国健儿经过数十天的激烈争夺以后，2月23日，闭幕式让体育与文化有了再一次的亲密拥抱。总导演康斯坦丁·恩斯特希望“挑选一些对于世界有影响力的俄罗斯文化，那也是世界文化遗产的一部分”。于是，他请出了在俄罗斯文学史上引以为傲的一部分重量级人物：伴随拉赫玛尼诺夫第二钢琴协奏曲的演奏，普希金、果戈理、屠格涅夫、托尔斯泰、陀思妥耶夫斯基、契诃夫、马雅可夫斯基、阿赫玛托娃、茨维塔耶娃、布尔加科夫、索尔仁尼琴、布罗茨基等经典作家和诗人在冰层上一一复活，与现代人进行了一场超越时空的精神对话。他们留下的文化遗产像雪片似的飘入了每个人的内心，滋润着后来者的灵魂。

美裔英国诗人T. S. 艾略特在《诗的作用和批评的作用》一文中说：“一个不再关心其文学传承的民族就会变得野蛮；一个民族如果停止了生产文学，它的思想和感受力就会止步不前。一个民族的诗歌代表了它的意识的最高点，代表了它最强大的力量，也代表了它最为纤细敏锐的感受力。”在世界各民族中，俄罗斯堪称最为关心自己“文学传承”的一个民族，而它辽阔的地理特征则为自己的文学生态提供了一大片培植经典的金色的“林中空地”。迄今，在这片土地上生根发芽并长成参天大树的作家与作品已不计其数。除上述提及的文学巨匠以外，19 世纪的茹科夫斯基、巴拉廷斯基、莱蒙托夫、丘特切夫、别林斯基、赫尔岑、费特等，20 世纪的高尔基、勃洛克、安德列耶夫、什克洛夫斯基、普宁、索洛古勃、吉皮乌斯、苔菲、阿尔志跋绥夫、列米佐夫、什梅廖夫、波普拉夫斯基、哈尔姆斯等，均以自己的创造性劳动进入了经典的行列，向世界展示了俄罗斯奇异的美与力量。

中国与俄罗斯是两个巨人式的邻国，相似的文化传统、相似的历史沿革、相似的地理特征、相似的社会结构和民族特性，为它们的交往搭建了一个开阔的平台。早在 1932 年，鲁迅先生就为这种友谊写下一篇“贺词”——《祝中俄文字之交》，指出中国新文学所受的“启发”，将其看作自己的“导师”和“朋友”。20 世纪 50 年代，由于意识形态的接近，中国与俄国在文化交流上曾出现过一个“蜜月期”，在那个特定的时代，俄罗斯文学几乎就是外国文学的一个代名词。俄罗斯文学史上的一些名著，如《叶甫盖尼·奥涅金》《死魂灵》《贵族之家》《猎人笔记》《战争与和平》《复活》《罪与罚》《第六病室》《丽人吟》《日瓦戈医生》《安魂曲》《没有主人公的叙事诗》《静静的顿河》《带星星的火车票》《林中水滴》《金蔷薇》和《钢铁是怎样炼成的》等，都曾经是坊间耳熟能详的书名，有不少读者甚至能大段大段背诵其中精彩的章节。在一定程度上，我们可以说，翻译成中文的俄罗斯文学作品已构成了中国新文学的一个重要组成部分，成为现代汉语中的经典文本，就像已广为流传的歌曲《莫斯科郊外的晚上》《三套车》《喀秋莎》《山楂树》等一样，后者似乎已理所当然地成为中国的民歌。迄今，它们仍在闪烁金子般的光芒。

不过，作为一座富矿，俄罗斯文学在中文中所显露的仅是冰山一角，大量的宝藏仍在我们有限的视域之外。其中，赫尔岑的人性，丘特切夫的智慧，费特的唯美，洛赫维茨卡娅的激情，索洛古勃与阿尔志跋绥夫在绝望中的希望，苔菲与阿维尔琴科的幽默，什克洛夫斯基的精致，波普拉夫斯基的超现实，哈尔姆斯的怪诞，等等，大多还停留在文学史上的地图式导游。为此，作为某种传承，也是出自传播和介绍的责任，我们编选和翻译了这套“金色俄罗斯丛书”，其目的是进一步挖掘那些依然静卧在俄罗斯文化沃土中的金锭。可以说，被选入本丛书的均是经过了淘洗和淬炼的经典文本，它们都配得上“金色”的荣誉。

行文至此，我们有必要就“经典”的概念略做一点说明。在汉语中，“经典”一词最早出现于《汉书·孙宝传》：“周公上圣，召公大贤。尚犹有不相说，著于经典，两不相损。”汉朝是华夏民族展示凝聚力的重要朝代，当时的统治者不仅实现了政治上的统一，而且也希望在文化上设立标杆与范型，亟盼对前代思想交流上的混乱与文化积累上的泥沙俱下状态进行一番清理与厘定。客观地说，它取得了一定的成效，虽说也因此带来了“罢黜百家”的重大弊端。就文学而言，此前通称的“诗三百”也恰恰在那时完成了经典化的过程，被确定为后世一直崇奉的《诗经》。关于“经典”的含义，唐代的刘知幾在《史通·叙事》中有过一个初步的解释：“自圣贤述作，是曰经典。”这里，他将圣人与前贤的文字著述纳入经典的范畴，实际是一种互证的做法。因为，历史上那些圣人贤达恰恰是因为他们杰出的言说才获得自己的荣名的。

那么，从现代的角度来看，什么是经典呢？商务印书馆出版的《现代汉语词典》给出了这样的释义：1. 指传统的具有权威性的著作：博览经典。2. 泛指各宗教宣扬教义的根本性著作。不同于词典的抽象与枯涩，意大利著名作家卡尔维诺归纳出了十四条非常感性的定义，其中最为人称道的是其中两条：其一，一部经典作品是一本每次重读都像初读那样带来发现的书；一部经典作品是一本即使我们初读也好像是在重温的书。其二，经典作品是一些产生某种特殊影响的书，它们要么自己以遗忘的方式给我们的想象力打下印记，要么乔装成个人或集体的无意识隐藏在深层记忆中。参照上述定义，我们觉得，经典就是经受住了历史与时间的考验而得以流传的文化结晶，表现为文字或其他传媒方式，在某个领域或范围具有一定的权威性和典范性，可以成为某个民族、甚或整个人类的精神生产的象征与标识。换一个说法，每一部经典都是对时间之流逝的一次成功阻击。经典的诞生与存在可以让时间静止下来，打开又一扇大门，带你进入崭新的世界，为虚幻的人生提供另一种真实。

或许，我们所面临的时代确实如卡尔维诺所说："读经典作品似乎与我们的生活步调不一致，我们的生活步调无法忍受把大段大段的时间或空间让给人本主义者的悠闲；也与我们文化中的精英主义不一致，这种精英主义永远也制定不出一份经典作品的目录来配合我们的时代。"那么，正如沙漠对水的渴望一样，在漠视经典的时代，我们还是要高举经典的大纛，并且以卡尔维诺的另一段话镌刻其上："现在可以做的，就是让我们每个人都发明我们理想的经典藏书室；而我想说，其中一半应该包括我们读过并对我们有所裨益的书，另一些应该是我们打算读并假设对我们有所裨益的书。我们还应该把一部分空间让给意外之书和偶然发现之书。"

愿"金色俄罗斯"能走进你的藏书室，走进你的精神生活，走进你的内心！

译 序

在群星璀璨的俄罗斯文学“白银时代”，吉皮乌斯是一个不容忽视的存在，她的创作以其极端、犀利、坚硬的风格赢得了无论是朋友还是对手的尊敬与好评。在同时代人看来，“吉皮乌斯女士属于我们最杰出的艺术家之列。她的诗仿佛是以浓缩的、有力的语言，借助清晰的、敏感的形象，勾画出了一颗现代心灵的全部体验”(勃柳索夫语)。而她的创作则“有着我们抒情的现代主义整整十五年的历史”(安年斯基语)。

1869 年 11 月 8 日，姬娜依达·尼古拉耶芙娜·吉皮乌斯诞生于图拉省别连瓦城一个贵族家庭，父亲的远祖属于 16 世纪移居到莫斯科的德国侨民，母亲是一名迷人的西伯利亚女郎。童年时代，吉皮乌斯就显得与众不同，经常穿着一件玫瑰红的短毛衣，从不扣上衣服的最后一粒纽扣，表情永远严肃而孤傲，极少与人交往，一直沉溺于自己的内心世界。

吉皮乌斯这种异常的举止很大程度来自她忧郁的天性。与其他孩子爱慕自己双亲那种纯粹的天伦之爱不同，她的爱掺和着许多虔敬的成分，到了近乎宗教崇拜的边缘。据说，由于父亲的坚决要求，稍长一些的吉皮乌斯被送进了基辅学院。但是，她无法承受这种亲人离别的悲伤，以至于几乎所有时间都不得不在学院的附属医院度过。显然，对这位略带神经质的少女来说，一次离别无异于一次深刻的死亡。成年以后，吉皮乌斯做过如下表述："自童年时代起，我就被死亡与爱情烙下了创痕。"她刚满十一岁时，父亲因病去世，这次事件给了她沉重的打击，令其初次体验了死神君临一切的威慑力，意识到生命出现之初，随即就被死之魔网所笼罩的处境。由于上述种种情态，在基辅学院校内，吉皮乌斯被称为"怀着大悲哀的小人儿"。

1889 年 1 月 8 日，吉皮乌斯嫁给了梅列日柯夫斯基。丈夫是一名有着强烈宗教激情的诗人、小说家和文艺评论家。婚后不久，梅列日柯夫斯基放弃了诗歌创作，转而投入小说领域和评论界。受他的影响，吉皮乌斯也花费了大量时间写作小说和散文，以换取稿酬，支持丈夫腾出自由的时间来创作著名的《基督和反基督三部曲》。1893 年，梅列日柯夫斯基发表了一篇论文《论俄国文学的衰落及其新潮》，从而宣告了俄国象征主义的出现。吉皮乌斯以其特有的敏感与细腻的抒情才能，参与了这场风靡整个欧洲的前卫艺术运动，成为 20 世纪世界最优秀的女诗人之一。

十月革命后，吉皮乌斯夫妇流亡到法国，在巴黎的寓所内集聚了一大批俄国自由派知识分子，组织“绿灯社”，举行文化沙龙，继续传播俄罗斯魂所散发的神秘主义思想，坚持宗教的虔敬感，倡导受难意识和悲悯感，以十字架上的爱去迎接世界又一个黄金时代——耶稣第三次复活的来临。除文学界的人物以外，当时与他们经常往来的，还有罗扎诺夫、费洛索弗夫、别尔嘉耶夫、舍斯托夫等杰出的宗教哲学家。由于他们勤奋的著述和积极的活动，引出了一系列现代思想所关注的问题，其中一部分存在主义色彩较浓的学说，直接影响了法国哲学家马塞尔与德国人类学家舍勒。正是他们这些缺乏体系，看似零碎，却能互相补充的观点的产生，与德国的马丁·布伯和布尔特曼，美国的蒂利希和尼布尔一起，形成了寻神论存在主义思潮。这一思想由于融合了基督教神学的精髓，显示了强大的生命力，在20世纪末后现代主义甚嚣尘上的氛围里，至今仍起着“清洁剂”的作用。1945年9月9日，吉皮乌斯病逝于巴黎。

吉皮乌斯七岁即尝试写诗，1888年开始正式发表作品，其诗歌多以编年结集，有《1889—1903年诗选》《1903—1909年诗选》《1914—1918年最后的诗篇》《闪烁集》，长诗《最后一圈》等；此外，还著有长篇小说《鬼玩偶》《爱情一王子》，剧本《红如罂粟花》《绿戒指》，论文集《文学日记》和回忆录《活生生的人物》《梅列日柯夫斯基》等。

人类打从脱离自然这一母体开始，便被判定为一个异化的临界点。一方面，主体意识逐渐加强的它，是自然的逆子，拼命地挖掘、搜刮养育过它的施恩者的财富，供自己大肆挥霍，造成两者永不间断的冲突与对抗；另一方面，被客体化以后的它，又无可奈何地承受着社会对它的戏谑、嘲讽乃至戕害，个人与群体潜在地构成了互为地狱的宿命。如此一来，人类的生存状态不免就显得十分尴尬，它有如浮悬在大地与天空之间的空气一般：竭力向上飞升，期望进入美丽、纯洁、神圣的境界；同时又被大地的鄙陋、污秽、庸俗所牵扯，不得不深陷于淤泥之中。这种生命的两难必然带给人类以人格分裂的恶果。正是上述状态埋伏了吉皮乌斯《无力》一诗的哲理背景：

我以贪婪的眼睛远眺大海，
被钉牢在海岸的泥土中……
我在深渊之上凌空高悬——
我不能飞向蔚蓝的天穹。

我不知道该反抗还是该屈挠，
我既没勇气死，也没勇气生……
上帝离我很近——我却不能祈祷，
我渴望去爱——又不能付出爱情。

大海以其浩瀚辽阔引发了抒情主人公无限地遐想，“贪婪的眼睛”传神地暗示出追求的认真与执着。然而，不幸的是，高远的理想仍然必须忍受脚底现实淤泥的裹胁。有感于此，吉皮乌斯袒露了五组对立的矛盾：我渴望飞升的生活，脱离恐怖的深渊，却只能像一只“死鹰”似的僵卧在悬崖之上，“选择”的困难便油然而生，是反抗，还是屈服，是生，还是死，难以寻觅到确定的意义和价值，“我”在冥冥之中感到象征着幸福的上帝近在咫尺，却不能对之进行通常该做的祈祷；内心深处渴望情爱的温柔，却没有能力付出因获取而需要的牺牲，诗的末节如是述说：“朝着太阳长长地伸出手臂，/我瞥见了苍白的云幕……/我仿佛已经领悟了真理——/却找不到语词将它说出。”它们泄露了抒情主人公深层的无奈：人类这一强壮有力的“太阳”，其所凭依的基础不过是“苍白的云幕”，而这种脆弱正是其悲剧性的症结所在。

在吉皮乌斯的整个创作中，生命在两极之间的彷徨与犹豫是一个非常醒目的主题。从某种意义上说，它们充分反映着西方两大文化在融合之后一直未能调和的冲突与抗争。赞美理性，热爱肉欲的享受，提倡审美的人生是希腊文化的一大特征。古希腊人推崇知识，信任科技，认为在理性主义的光芒照射下，能够恣情任意地取用造物主留给人类的一切。他们肯定世俗生活，鄙弃苦行僧的禁欲主义，歌颂“醇酒美人”，喜好在冒险和战争中发泄过剩的精力，表现出入世、达观的青春期文化特征。与之相反，希伯莱精神则标举信仰，专注于灵魂的拯救，它跨越了人类幼稚的童年期，显示出壮年期的清醒，以一种虚无主义的态度看待尘世那色彩斑斓、诱惑不断的一切，由对肉体死亡的恐惧，激发起灵魂不朽的向往。希伯莱文明为后世设计了一个获救的途径，在生存的艰难里衍生出天堂与地狱的对峙，以浪漫的想象呼唤受难的基督降临，背负起沉重的十字架，去蒙受神性的光照。世界文明经过几千年此消彼长的发展，这两大文化逐步在欧洲的土壤上取得了正统的地位，成为其两个著名的始源。但是，肉体的永久羁绊与精神的无限自由之间生发的矛盾始终没有得到根本解决。在伦理体系逐步确立的社会里，它们往往演化为道德上善与恶的无休无止的纠缠。

在吉皮乌斯的沉思域内，关于善与恶的问题一直徘徊不去，折磨着她的心智。根据《圣经》传言，邪恶之产生乃是由于人类得到了智慧树上的苹果的缘故，是知识与理性助成了生命最初的堕落，正是在这一起点上，吉皮乌斯进行了信仰确定前的怀疑：上帝是万能的。既然如此，他为何又容许世界上有恶存在？他为何不在人类堕落之前就加以制止？或者，他为何又在放任自流以后对之施予严厉的惩罚，令其痛苦和疯狂？这里牵涉基督教产生以来许多神学家百思不得其解的一个难题：上帝如何显示神恩？舍斯托夫对此进行了富有启示性的诠释："神认为一切都是善。……神既无道德上的赞同，也无理性的依据，因为他像凡人一样，不需要依据、支柱、根基。无根基，这是神主要的最令人羡慕，也是我们最不理解的特权。所以，我们的全部道德斗争（理性探索也一样），——既然我们承认神是我们追求的最终目标——迟早（当然是很晚很晚）要把我们从道德评价上，从理性的永恒真理那里引向自由。”

人是生而自由的，那无往不在的枷锁多半是他自己的手所铸造，神学存在主义把这种自由的预感重新归还给世人，鼓励他们摆脱既成的善恶原则，弘扬健康的天性。吉皮乌斯是一名虔敬的基督徒，尽管内心充满了许多异端的思想。她相信上帝的存在，相信上帝的仁慈与强大。为此，她拥持上帝恢宏的包容性，并以人性的丰富多彩作为证明。

上帝，恶魔也是你的造物，
　　我为此来向你求情。
它身上烙印着我的痛苦，
　　这是我爱上恶魔的原因。

痛苦地反抗，它专心一致
　　给自己编织着罗网……
我不能不将怜悯施予
　　和我一样痛苦着的生物。

正如人类原本出于偶然被抛进世界一样，生命的进程同样被难以捕捉的偶然性所操纵，所谓“绝对”“必然”更多地只是出于臆想。因此，绝对的恶、必然的善并不存在。正如丑陋的胚胎孕育出美的人体一样，善常常脱胎于恶，当世界充满了保守、虚伪、浅薄、麻木、愚昧、腐朽等种种存在物，作为破坏之象征的“恶”自有其革命物含义，对推动世界前进起到了积极的作用。

在吉皮乌斯的整个诗歌创作中，《干杯》一诗较能传达出她对生活的辩证法的体认：

我的失败，真诚地欢迎你！
我爱你，正如我对胜利的眷恋；
谦卑蛰伏在我高傲的杯底，
欢乐与痛苦原本是并蒂相连。

多么的安谧呵，明亮的黄昏！
平静的水面有轻雾在徘徊；
最后的残酷蕴含无限的温馨，
上帝的真理包藏上帝的欺骗。

存在主义一个著名的命题就是“存在先于本质”，具体到以人类的生存来附比的话，也就意味着，生活是根本性的，它决定着本质，“首先人存在、露面、出场，而后才说明自身……人，不外是由自己造成的东西，这就是存在主义的第一原理。”在他们看来，生命开放的过程也就是它的意义所在，那种离开人的活生生的存在，去刻意寻觅缥缈不定的本质（或曰意义）的做法，根本就是自欺欺人，徒然地浪费生命而已。因此，唯有正视人生，拥抱生活的全部，连同拥抱它的缺憾，才是真正的人道主义行为。女诗人笑傲人生的激情艺术化地体现了这一哲理，她深刻地洞察："欢乐与痛苦原本是并蒂相连"，"最后的残酷蕴含无限的温馨。"她呼吁，热爱人生不应该仅仅局限于对幸福、欢乐、希望、成功、升腾、美善等正面东西地接受，也应该同时容纳它的负面，诸如失败、灾难、绝望、挫折、丑恶、痛苦等，唯其如此，方才称得上对人生圆满而完整的享受。人格的高贵在行世的谦卑里呈现，无限的柔情在最后的残酷中萌生，在苦难的深处咀嚼生活的甜蜜，透过一无际涯的绝望去感受绚丽的希望之迸发。她呼吁人们，不论人生的酒杯斟满的是什么样的液体，都要一饮而尽，应该以酒神式的豪放，笑对世界。

在《献辞》一诗中，吉皮乌斯宣称，我的灵魂是高尚的，它印证着上帝的真实性。而它最坚固的基石就是我，就是我自己。所以，人们应该自爱，向自身投入最大的热情：

> 可是我爱自己，恰似爱上帝——
> 爱情将拯救我的灵魂。

"自我"在此得到了最大胆的凸现，孤独被赋予了创造的可能。论及至此，应该消除一种误解，爱自己绝不等于自私自利，也并不意味着狂妄自负的傲慢。事实上，我们每个人的"自己"都拥有原始的生命冲动，是一个本真的存在。只是，后天理性的生活施展了强大的吞噬能力，将它隐匿和湮没，以至于浑然不觉地被庸众所同化。也就是说，日常此在抽离了我们的“主体性”，使之迷失于“人群”，构成了海德格尔拟定义的“此在之沉沦”。认识到这一点，唯有强调出我们生存的“唯一性”，方能实现对生命的“还原”，从而避免“存在”单调地重复。因此，爱，首先必须自爱，显示出自身确立后的诚意，才有资格去向他人付出一份真正的爱。

1893 年 11 月 17 日，吉皮乌斯在日记中写道：“我知道通向自由的道路，一个人不能达到没有真理的自由……那是来自人民的自由，来自人性的所有事物，来自一个人自己的愿望，来自命运……”稍后几天，她又写道：“自由，这是我来自于你的思想的最美丽的思想。”女诗人深深地知道，自由不是没有重量的，与之相伴随的还有崇高的责任和义务。在《真理或者幸福》一诗中，她告诉世人，生命行使自由的权利在于寻找真理，并非追求幸福。尽管“你们”害怕凶险、痛苦、漫长的经历，为“我”指出一条宁静的没有炼狱之火的途径，但并不是“我”要达到探索目标应走的道路，不符合“我”的自由选择。我的使命是为了获取真理，它恰恰与世俗的追求背道而驰。因此，尽管我们相互怜悯，相互为对方祈祷的内容并不相同：

我并不为你们去祈祷幸福，

我祈祷的内容远比幸福高尚。

吉皮乌斯对真理的体悟与她强烈的宗教意识关联很大，她渴望拥有一个精神的现实，对物质的现实则予以严厉地批判。这方面，吉皮乌斯与 19 世纪的俄罗斯批判现实主义作家有着截然不同的看法。在她眼里，后者的作品过于贴近政治与社会，不利于创造力的发挥，对人类精神的提升，隔断了与上帝的默契。她认为，对一部艺术作品来说，它的美学的和宗教的内容应该高置于社会的、政治的观念之上，藉此净化人们的欲念，专事供奉上帝，答谢其所赐予的神恩。

在整个俄罗斯诗歌史上，吉皮乌斯或许称得上是最具宗教感的大诗人。她的作品所阐述的内容远远超出普通的抒情诗人惯于流露的个人的、感性的体验。高度的理性和高度的激情的相互提升，铸就了吉皮乌斯独特的艺术风格，即便是那些带有明显情欲成分的情歌，也总是被她精神努力的强度提高到了形而上的层次，其中包含的某些色情因素也被这位女诗人对上帝和三位一体的创造性想象而消解了。在吉皮乌斯看来，诗歌体现着经验与超验的综合。诗是艺术精神的怡然自得和宗教的心旌神摇的结果，艺术家的任务是抓住充满了神秘意味和内蕴的灵魂之闪光点，将它传达给读者。吉皮乌斯竭力以自己的创作鼓动一场宗教革命，促成人类的精神变革，迎接她所预言的第三约（相对于通常人们所确认的旧约和新约）时代的到来。因此，她提请人们注意三位一体的奥义，注意基督化身为人子的重要性。正是基督与人类之间所存在的某种同构，才使得后者拥有得到拯救的可能，实现自己的自由意志。

20世纪初，虚无主义思潮一度流行，对文化的各种形态进行了毁灭性的打击，加速了西方世界的没落。在一片意义与价值的废墟上，现代人应该如何拯救自身？“人可以忍受饥饿感，却不能忍受无意义感”。重建精神尺度的问题就这样摆在了这个世纪的知识分子的面前。吉皮乌斯的解决方案是：爱，寻找一位爱的上帝。考察这位女诗人整个思想的发展脉络，关于爱情的神秘主义冥思构成了其中最有魅力的部分，标示着俄罗斯理念对世界文化最出色的贡献。当她同时代的作家，如普宁、阿尔志跋绥夫、安德烈耶夫在悲叹爱情如朝露一般易逝之时，吉皮乌斯却以独具的慧眼肯定了爱情的不朽与恒定性。她写过一系列关于爱情的文章：《艺术与爱情》《爱的批评》《爱情与沉思》《论爱情》《爱情的加减法》等，其中代表着她思想之精髓的是抒情诗《爱情——只有一个》（奥地利诗人里尔克曾将它译成德文），吉皮乌斯如是表明自己的主张：

波涛汹涌，散成碎沫，
　　仅仅只有一个。
心灵不能过着背叛的生活，
　　没有背叛，爱情——只有一个。
　　…………
我们为爱情付出血的代价，

而忠实的心灵——依然忠实，

我们只拥有一次爱的权利……

爱情只有一个，好比只有一次的死。

在吉皮乌斯看来，爱情由于它的唯一性和恒常性，能够帮助心灵拒绝生活中的变节叛卖行为。上述诗句告诉我们，生活尽管枯燥、单一，冗长得令人厌倦，但只要胸中揣藏起始终不渝的爱情，就能逐渐靠近永恒和不朽。

世界尽管光怪陆离，千变万化，吉皮乌斯的爱情永远坚持着它的唯一性，在不可分割的生存状态里散发神性的光辉。这种本真的爱情卓立于“物理时间”之上，循着情感空间伸向无限，它不可重复，独一无二，是人类皈依永恒的过渡。爱情是生活的最高价值，它消解一切矛盾，清除所有障碍。作为一种特殊的情感，它在个人与社会之间占有显著的地位，是双方达成沟通必不可少的桥梁。正是这一中介性的存在，个人与社会组成了一个统一的整体。当今世界，个人倘若要摆脱其软弱无助的状况，唯有和其他人一起，积极地介入生活，才能成为整体中的有机成分而变得强大起来。爱情介入生活的有效方式，为人们提供了认识他人价值的可能性，而个人也唯有认识到他人的价值，才能够真切地认识到自身的价值，使个性变得丰富起来，高尚起来。

吉皮乌斯属于那种对“奇迹”存有“诗意的永恒渴望”的诗人，在一本诗集的前言中，她写道：“作为人的本性自然的和最迫切的需要的东西，就是祈祷。每个人一定要祈祷，或尽力去祈祷，……诗，在特殊的意义上来说，写诗，文字的音乐——这仅仅是祈祷在我们心灵里所采取的形式之一……我确信，对韵律，对说话的音乐，对内心战栗体现为正确的语言的声色变幻——永远和祈祷的、宗教的、彼岸世界的意向，和人的灵魂最神秘的、最深刻的核心联系着。所有真正是诗人的人的所有的诗——都是祈祷”。诗、哲学、宗教分别作为美、真、善的路标，被树立于人类由生命到死亡的那一次漫长的旅途之间，它们的最高境界，或称终极的关怀，必然殊途同归，进入浑然一体的状态。吉皮乌斯的创作体现了将真善美合一的努力，为 20 世纪俄罗斯诗歌由浪漫主义转入现代主义阶段做出了时代的见证。尼采说："上帝死了!"结果他自己却疯了，因为他无法在信仰真空的状态下维持心理平衡。从某个角度来看，上帝与人类是宇宙的两极，他们需要相互支持。人之所以需要上帝，是因为他置身于大地这一充满罪孽的堕落空间之中，上帝需要人，则是由于他充盈的仁爱需要得到证明。这样，祈祷作为神学意义的语言艺术便是祭司式的诗人最容易做出的选择。吉皮乌斯的祈祷并不是对上帝的乞求，而是一种目标的自我实现，她在诗歌的对白或独白中与灵魂或上帝对话，用来克服人性的弱点，以完善和丰满的形象迎接最后的审判。

综上所述，吉皮乌斯的创作是理性与激情高度统一的结晶，属于俄罗斯“白银时代”伟大的精神遗产中最有魅力的部分，为 20 世纪 30 年代流亡中的俄罗斯文化的复兴做出了导向性的贡献。

她以全然个性化的生命体验，以自己的语言、自己的韵律、自己的抒情方式，丰富了 20 世纪世界文学的神性内蕴。在人类的蒙昧时代，祭司们通常以诗歌的言语方式传达神的谕示；而今，迷惘的现代人为拯救失落了的灵魂，再次推举诗人成为他们的先知。吉皮乌斯被赋予的或许正是这一份十字架上的光荣。

目 录

Contents

歌

我的窗口高悬在大地上空，
　　高悬在大地上空。
我看见的唯有夕阳西沉的天穹——
　　夕阳西沉的天穹。

天穹呀，那么苍白而空寂，
　　苍白而空寂……
它不给可怜的心任何慰藉，
　　不给任何慰藉。

呜呼！我伤心欲狂，命在旦夕，
　　我命在旦夕，
我追求我一无所知的东西，
　　一无所知的东西……

这种愿望呀，我不知从何而来，
　　不知从何而来，
但是，心儿祈祷着将奇迹等待，
　　将奇迹等待！

哦，让虚无的东西成为现实，
　　让虚无成为现实：
苍白的天穹允诺显露奇迹，
　　允诺显露奇迹。

而为这虚幻的许诺我已无泪可流，
　　我已无泪可流……
我追求的东西呀，这世界上没有，
　　这世界上没有。

1893

献　词

天之穹顶低矮又烦闷，
　　但我知道——我的精神高尚，
我与你那般惊人的亲近，
　　我俩一样的孤独和忧伤。

我的道路冷酷无比，
　　它引导我走向死神。
可是我爱自己，恰似爱上帝——
　　爱情将拯救我的灵魂。

假如我在途中感到疲倦，
　　假如我开始灰心地怨诉，
假如我要奋起反抗，
　　假如我还有勇气追求幸福——

在迷蒙、艰难的岁月里，

　　你不要离开我，一去不返。

我默默祈祷：请对弱小的兄弟

　　赐予怜悯、安慰，甚至欺骗。

我仅仅与你感到亲密无间，

　　我俩携手一起走向东方。

天之穹顶低矮而阴险，

　　但我坚信——我们的精神高尚。

1894

愉　快

我的朋友，怀疑再不能令我痛苦。
死亡的临近我很早已经感到。
我将永久存身的那一个坟墓——
潮湿，窒闷，黑暗——这我全知道。

然而，并非在泥土里——我仍在此地陪伴你，
在风的叹息中，在太阳的光线中，
我将成为一朵白浪漂泊在海洋里，
我将成为一片云影飞舞于天空。

我再不能够品尝人间的甘泽，
甚至心儿都体验不到亲密的悲哀，
正如星星从不曾领略幸福和快乐……
但我并不为这理性的认知而遗憾，

我等待着宁静……我的灵魂疲乏……
自然母亲在把我呼唤……
那么轻松：生活的重负已经卸下……
啊，亲爱的朋友，死——多么愉快！

1889

从没有过

天空中静静安睡着黎明前的月亮，
我向月亮奔去，灵敏的积雪吱吱响。

我不倦地盯视着粗鲁的面孔，
它回敬我一种奇怪的笑容。

我想起了一个奇怪的词语，
我一直默不出声地将它重复。

月光变得更加凄楚，更加凝滞，
马儿跑得更加轻松，更加迅疾。

我的雪撬不着痕迹地轻轻滑过，
而我依然念叨：从没有过，从没有过……

哦，莫非是你，单词，熟悉的单词？
可我并不怕你，我怕的是另一个单词……

月亮僵死的光线并没什么可怕……
我怕的是，我的心中一无惧怕。

心灵唯有领受没有悲伤的寒冷的爱抚，
而月亮行将沉落——它逐渐死去。

1893

无　力

我以贪婪的眼睛远眺大海，
被钉牢在海岸的泥土中……
我在深渊之上凌空高悬——
我不能飞向蔚蓝的天穹。

我不知道该反抗还是该屈挠，
我既没勇气死，也没勇气生……
上帝离我很近——我却不能祈祷，
我渴望去爱——又不能付出爱情。

朝着太阳长长地伸出手臂，
我瞥见了苍白的云幕……
我仿佛已经领悟了真理——
却找不到语词将它说出。

1893

雪　絮

沿着不见车马的偏僻道路，
沿着白昼苍白的边缘，
我在白皑皑的森林里行走，
悲哀填满了我的心头。

沉默的森林时隐时现，
奇异的道路也保持沉默……
从那死寂的天穹爬下来的
并非是朦朦胧胧的烟雾——

而是大雪旋转腾起，
轻柔的碎沫飞溅，
漫漫无边，悄无声息，
飘落在我的面前。

白色的雪絮轻柔又蓬松，
好似一堆快乐的蜂窝，
勇敢的雪絮嬉闹着
在我的身后紧紧追逐。

飘呀，飘呀，不停地飘……
天穹离地面越来越近……
可是心灵却很出人意料，
去取悦于沉默和死亡。

现实与梦境互相交融，
渗透并糅合在一起，
凶险不祥的天穹，
垂落得越来越低。

我跌跌撞撞地行走，
听从命运的摆布，
怀着肉眼不见的快乐
和对你秘密的思念。

我爱不可企及的东西，
哪怕纯属是子虚乌有……

我那可爱的孩子，
我那唯一的光明！

我常常在梦中感到
你那温柔的呼吸，
白雪铺就的床罩
令我感到轻快又甜蜜。

我知道，永恒已经临近，
我听到，血液正在冷却……
永无尽头的沉默……
啊，黑暗……啊，爱情。

1894

夜的花朵

啊，别相信深夜的时辰！
它充满了残酷的美。
这时，人们离死亡最近，
神奇地活着的唯有花卉。

安静的墙壁黑暗、温暖，
壁炉早已没有了火……
我等待来自花朵的背叛……
花朵十分憎恨我。

在它们中间我感到焦灼不宁，
它们的芳香浓烈而放肆——
可是，你无法远离它们，
可是，你无法躲开它们的箭矢。

黄昏的光透过血红的缎子，
向着树叶儿抛洒余晖……
复苏那温软的躯体，
惊醒了残酷的花卉。

欧芋的毒汁有节奏地
滴落在地毯之上……
一切闪烁不定，一切神秘，
我仿佛感到一场秘密的争论。

沙沙，沙沙地响，喘息着，
像仇敌似的跟踪我，
洞悉我思考的一切，
千方百计要杀死我。

啊，不要相信深夜的时辰，
小心那残酷的美。
这时，我们离死亡最近，
活着的唯有孤独的花卉。

1894

十四行诗

我不怕与铁器相互触碰，
不怕钢刀的锋利与闪光。
但是，生活之环却箍得太紧，
扭曲着，像一条蛇似的缠裹不放。
但是，任凭我的悲伤四处蔓延，
我再也不会向它们敞开心灵……
从今往后它们将与我了断尘缘，
正如你，我那没有指望的爱情。

让生活窒息吧，我已不再感到憋闷，
我已踏上了最后一级台阶。
如果死神来临，我就俯首听命。
毫无痛苦地追随它的影子而去——
恰似秋季的白昼明朗而平静，
在苍白的天空上缓缓死去。

1894

单　调

在离群索居的黄昏时刻，
令人沮丧，极度疲惫。
　　独自踏上摇晃的台阶，
我徒然地寻求着安慰，
以缓解我内心的不安，
　　在安静的冰封的水面。

夕阳最后一线残照，
恰似难以捕捉的幻影，
　　躺卧在一团团梦云里。
万籁俱寂，夜色迷蒙，
我的心灵充满了骚动……
啊，哪怕有一丝声响，一叶影移，
　　在这茂密的芦苇丛中！

但我知道，世界上没有宽恕，
心灵的创伤永难忘怀，
沉默无法让一切烟消云散，
无论在大地，无论在天空，
　　宇宙中的一切亘古不变。

1895

随我而来

枯萎过半的百合花芳香
笼罩了我轻盈的梦幻。
百合花和我谈论起死亡，
谈论我死后的时间。

且给我无忧的灵魂以安谧。
什么都不能娱悦它，伤害它。
你不要忘记我弥留的日子，
当我死后，你要谅解我呀。

我知道，朋友，道路并不漫长，
可怜的肉身很快就会疲乏。
而我知道，爱情强大像死亡一样。
当我死后，你可得爱我呀。

我仿佛感到一个秘密的誓词……
我知道，它不会将心灵欺骗——
离别以后你可不要忘记!
当我死后，你可要随我而来。

1895

致水池

不要来指责我，你要明白；
我并不想无端地委屈你，
可是，仇恨却过于强悍——
我不能和人群生活在一起。

我知道：与他们相处——会窒息而死。
我属于异类，拥有另一种信仰。
他们的争吵单调，爱抚也可鄙……
放开我！他们令我不安惊惶。

我自己也不知道何处是归宿。
他们到处都有，他们过于繁密……
我沿着弯弯曲曲的小路
来到沉寂已久的水池。

这里也有他们——我转过身去，
不想看到他们的影踪，
欺骗我吧——我乐于接受骗局……
我将自己委身于孤独之中。

镜子般透明的水面之上
布满一簇簇的山楂树，
我呼吸着水藻的芳香……
沉默的水面已经死去。

静寂的水池凝然不动，
可是，我并不信任寂静，
心儿又重新颤抖——我知道：
哪怕在这里，我也会被找到。

我听到，某人在对我耳语：
“快些，再快些，远离红尘，
忘却，永久的解脱——
唯有在那里……下面……底层……底层……”

1895

爱情——只有一个

波涛汹涌，散成碎沫，
　　仅仅只有一个，
心灵不能过着背叛的生活，
　　没有背叛，爱情——只有一个。

尽管我们愤怒，或者游玩，
　　甚至撒谎——可心里静谧。
我们从来不会有所更改：
　　心只有一颗——爱情只有一个。

生活因为单调而十分强壮，
　　空虚乏味，枯燥单一……
生活的道路漫长又漫长，
　　爱情只有一个，永远只有一个。

唯有在不变中才见出无垠，

　　唯在恒常里才见出深蕴。

道路越远，离永恒越近，

　　愈加清晰的是：爱情只有一个。

我们为爱情付出血的代价，

　　而忠实的心灵——依然忠实，

我们只拥有一次爱的权利……

　　爱情只有一个，好比只有一次的死。

1896

你爱吗?

曾经有个人，他为我而死去，
我也知道，不值得将他记住。
心却总喜欢死亡一类的结局，
尘世爱情的终结，白昼的日落。

我一直为死者把安谧守卫，
忘却的土壤将变得十分轻快！
锈蚀的旧链环已经砸碎……
残酷的生活又把我与你相连。

一旦我俩单独在一起相处——
那死去的第三者总隔在中间，
他用你的眼睛凝视我，
他用你的灵魂将我迷恋。

呜呼！像从前他的灵魂一样，
你的灵魂既不背叛，也不忠实……
在万物之中，在你的话语之中，
我听到混浊可怖的腐烂气息。

我拒绝你借助死者的情意，
那是一种缺乏烈焰的情火。
我以忠诚而严厉的心儿感知：
我不爱你，正如我从未将他爱过。

1896

书前题词

我喜爱抽象的玩意儿：
我用它们创造生活……
我爱离群索居的东西，
晦暗不明的一切。

我是一名恭顺的奴隶，
听命于罕见神秘的梦幻……
我找不到人间的语词
去准备那唯一的发言。

1896

晚　霞

我看见远方的天际无垠，
　　看见明亮的晚霞。
面对我那狂躁不安的心灵，
　　我与它促膝对话。

倘使经受人间痛苦的煎熬，
　　它应该沉默不语。
天上的晚霞给它指教，
　　一无声响地死去。

你不要忘记上帝的赠言，
　　心灵——你须沉默和容忍……
霞光黯淡的高空充满
　　冷漠、寒意和光明。

一阵人间未有的清凉飞飘
　　自慢慢消逝的晚霞。
无论幸福，无论欢乐——都不需要。
　　只要燃烧，霞光，尽情地燃烧！

1897

微　尘

恐怖和人间不幸的怜悯
将我的灵魂牢牢地控制，
我无法摆脱开微尘——
到处我都与它粘连在一起。

裸体的夜对我睁着眼睛，
它忧郁一如阴晦的白日，
唯有低低奔跑的乌云
飘下一道垂死的影子。

刹那间激扬起的风儿，
呼吸着雨水——转瞬即逝。
灰色的蛛网伸张开纤丝，
自天穹向下浮游飘曳。

单一模糊地慢慢滑动，
它们好似人间琐细的日子，
可是这些细线织成的罗网
远比垂死的雾气沉重。

置身闷热的尘埃和迷雾，
心灵力图挣脱生活的缰绳，
顶着虚弱无力的恐怖，
徒然地奔向最后的牺牲。

而屋顶上的点点尘粒
仿佛在羞怯的梦中，轻轻叩击。
微尘，我祈求你，轻些，再轻些……
啊，请你们小声地为我哭泣！

1897

黄　昏

七月的惊雷滚过，带着喧响，
呈条状的乌云随之飘逝。
朦胧的蓝天重又明亮……
我们沿着林中湿路奔驰。

新月透过天边的烟雾显露，
黯淡的黑暗降临到地面，
马儿逐渐放慢了脚步。
细小的缰绳抖动如琴弦。

有时，沉闷的雷电突然划破
乌云那归于寂静的黑色。
我的心儿自由又安静，
风儿吹过，抚爱每一片树叶。

车辙里不再有隆隆的车轮，
树枝沉重地垂向深谷……
从寂静的原野向着天空
浮游着稀薄活泼的轻雾……

从不曾有过——我感到：我属于你，
亲爱的严厉的自然啊！
我要与你同生共死……
我的灵魂既顺从又自由。

1897

祈　祷

月亮的影子静止不动……
银色与黑色的天空……
影子有如死亡静止不动……
是否还活着，柔顺的心？

沉默的黑暗里有人呼唤
面向冰凉的大地，
从梦幻与沉默中呼唤
我那一个自由的灵魂。

我接受生活的屈辱，
承担不可思议的苦恼……
向那个给我屈辱的造物主，
我呈献含含糊糊的祈祷。

啊，上帝，请可怜你所创造的
那一个灵魂的懦弱，
可怜一下为屈辱所累的
那一个灵魂的无限懦弱。

我呀——正是无形的你，
你——正蛰居在我心中，
无形者，请这样提升起
那被你压抑的精神。

请赐给我以往的沉默，
啊，把我交还给永恒……
且让我深深陷入沉默，
且让我安息在无限之中……

1897

小夜曲

在迷蒙的月光下，
　　诞生出幻想，
我的斯薇特兰娜，
　　你尽可以不爱我。

让胆怯的哀怨
　　捉摸不定地静息，
让我不曾弹拨的琴弦
　　震颤得十分神秘。

燃烧我的灵魂，
　　不期望什么奖赏，
亲爱的，我的歌声
　　飞不到你的身旁。

我十分憎恨幸福，
　　快乐我也不容忍，
啊，尽管我看不到你，
　　对你的爱却更为深沉。

让该来的全来吧，
　　我的忧伤无比明丽，
上帝把我判给了你——
　　我更靠近了上帝。

我在内心深处寻索
　　我的喜悦——我爱你，
这一支小夜曲
　　我为自己所构思。

1897

雪

神奇的沉默，它重又飘飞，
　　轻轻地摇摆和降落……
幸福的飞行令心儿多快慰！
　　不存在的它又重新复苏……

依然是它，又从隐秘的来处降临，
　　它蕴含迷人的寒气和沉醉的忘却……
我永远等待它，仿佛等待上帝的奇迹，
　　我熟悉它身上奇异的同一。

任凭它再度离开——分手并不可怕，
　　我欣赏它悄悄的远离，
我将永远等待它沉默的归期，
　　啊，等待你，甜蜜的你，唯一的你。

它静静地飘落，缓慢地，庄严地……
　　我因它的胜利而无限欣悦……
出自大地一切奇迹中的你！啊，美丽的雪，
　　我爱你……至于为什么——我不清楚……

1897

微 笑

呵，不，请相信我，那布满
伤心往事的道路也不再能诱惑我。
呜呼！温顺的灵魂珍藏着
痛苦的痕迹，什么都无法把它们磨灭。

时光消逝，尽管心灵依然如故，
我们的往事一去，永不复返，
而今，我珍视那不可分离的爱情，
它比一切的欢乐更为珍贵。

我不知道，它将把我带向何方，
幸福也罢，恐惧也罢，羞涩也罢……
我的灵魂只坚信一点：
我的容颜会改，但爱情永无变化。

1897

瞬　间

透过窗子，高空在闪烁，
黄昏的天穹明亮又安谧。
寂寞的心儿因为幸福而歌哭，
它惬意于天空如此美丽。

宁静的夜晚，灯光通明，
灯光里释放出我的欢乐。
此刻世界上再没有旁人，
唯有上帝，天空和我。

1898

圆　圈

我记得：我俩曾坐在这张长椅上。
　　我们面前是一泓被废弃了的泉眼
　　　　和宁静的绿茵。
我谈论过上帝，谈论过内省与生活……
为了使我的孩子更为明白些，
　　我在沙滩上画了些淡淡的圆圈。
一年过去了，母亲般温柔的悲哀
　　又把我送到了这张长椅上。
　　　　依然是一泓被废弃了的泉眼
　　　　和宁静的绿茵，
以及那些关于上帝和生活的思绪。
只是没有了死而不复醒的纯洁的话语，
　　没有了被雨水打湿
　　　　为泥土湮没的
我那些清晰的，淡淡的圆圈。

1899

最后的话

有时，人们会像孩子一般兴奋，
快乐地生活，轻松地生活。
啊，由他们去欢笑！我的灵魂
那么沉重，哪有一丝半点愉悦？

我不会破坏瞬间的惬意，
我不会为他们开启理性的门锁，
而今，在我谦卑的高傲里，
我许诺一个伟大的沉默。

我从一旁走过，默默无言，
蒙住脸——走向陌生的远方，
任凭残酷和勇敢的悲哀
始终不渝地引导我的方向。

1900

两人游

道路越来越高，越来越高，
绿色的荫覆越来越浓重，
下面——居民的屋顶隐约闪耀，
谷底——紫罗兰色的倩影，
道路越来越高，越来越高……
　　我和他很早就已上路，
　　我知道——我们不能够停步。

我们十分虚弱，非常疲乏，
可我们还是顺从地向上爬行。
我们曾小憩在槭树荫下，
可是槭树荫下也十分窒闷……
我们十分虚弱，非常疲乏。
　　我明白，道路无比艰巨，
　　可我相信，我们不能够停步。
她呢——更加虚弱，更加沉默……

我试图挽着她同步并行，
可是，道路变得越来越陡，
越往上走，越感到险峻，
她走得越来越慢，越加沉默……
　　她终于滞留在中途，
　　她不知道，我们不能够停步。

心中是那么的纷乱不宁……
我再不能给予更多的帮助。
而中途而废又怎么可能，
我也不敢再走回头路，
心中是那么的纷乱不宁。
　　她的心胆已被这道路吓破，
　　再也不敢向前多迈出一步。

我只好独自一人踯躅，
而正午是那么炎热和沉闷……
沿着宽阔的石板路，
我在一无遮拦中行进，
我一如既往走向更高处……
　　我将她遗留在中途。
　　我知道，我不能够停步。

1900

诱　惑

（致 П · П · 皮尔佐夫）

我曾遇见许多巨大的诱惑，
但从来没向它们低过头。
可有一种诱惑……独居的诱惑，
至今我都无法把它战胜。

禅房的烛光在呼唤我，
最后的宁静千姿百态，
神圣的沉默之快乐——
撒旦那温柔的关怀。

他服务着：一会儿点亮蜡烛，
一会儿整整我长袍的襟边，
一会儿向我举起落地的念珠，

轻语道：“与我同在，别走开。”

难道你不喜欢孤独吗？
独居是一所伟大的庙宇，
与人们一起……救不了他们，却毁了自己，
而这里，独自的你与他平起平坐。

你将对俗务尘嚣不闻不问，
与你相伴的唯有我和宁静。
莫非不知道，有所爱，必有所恨？
而我们又被严禁相互仇恨。

我的温柔早已令你沉醉……
我们在一起，一起……永远同一；
获得拯救的安宁多么甜美！
神圣的火焰多么快乐！
…………

啊，痛苦！啊，爱情！啊，诱惑！
我从来没有向它们低过头。
可有一种诱惑——独居的诱惑，
谁也不可能将它战胜。

1900

敲　击

子夜的影子，万籁俱寂。
心在敲击，钟在敲击。
夜黑得不可思议！
它的幕布多么厚实！

而我知道，那颗孱弱的心，
它的黑暗更为沉寂，
我向你祈祷，啊，父亲！
给我声音，或者一个暗示！

我爱自己，也爱世人，
却更迷恋深藏的灵魂。
我要把这一个灵魂，
按我的心愿折成两份。

寂静变得更富有生气，
黑暗中，它传出一个声音：
任由它黑暗永无休止——
光明终将从黑暗里诞生。

1900

爱 情

我的灵魂中没有“痛苦”的位置：
　　我的灵魂就是爱情。
她粉碎了一切希冀，
　　为的是让它们起死回生。

语言是开端，请等待语言，
　　它将向你们敞开。
已完善的——将重新完善的，
　　你们和他——是一个圆环。

最后的光一定会普照众生。
　　凭借着一个标帜，
上路吧，痛哭与欢笑的人们，
　　大家都向他走去。

人间的解脱把我们带向他，

　　还有可能出现奇迹，

万物都在一起融合、同化——

　　天空与大地。

1900

结　局

火光在灰烬中喘息，默默无语，
最后一粒火星战栗着消隐，
晚霞在春日的天空中行将燃尽，
在你面前我依然保持着沉默，
只是默默地倾听走向死亡的爱情。

我以被永远征服的灵魂去咀嚼
你那些我难以领悟的情话，
正如你并不明白我秘密的快乐，
对陌生的一切总感到深不可测，
你再也看不到无垠天空中的彩霞。

我既没有忧伤，也没有痛苦，
我在思索，你有这么多的追求，

却不曾变为现实，你的勇气还不够；

我在思索怎样让灵魂舒畅自如，

天边的霞光如何燃烧到尽头……

1901

界　限

（致德·费洛索福夫）

心灵充满了期待的幸福，
充满了可能性和等待的幸福，
可心灵正在战栗，忐忑不安，
那等待的事物——或许将要实现……
我们无法接受生活的圆满，
也无法高举起幸福的重量，
我们期盼着声音——却惧怕那和音，
我们为快乐的界限而痛苦，
　　我们永远热爱它们，永远痛苦——
　　至死都无法抵达……

1901

献给基督

我们不再活着——在黑暗中
　　渐渐地死去。
你将会回来……我们又如何能
　　不把你认错？

依然惊扰着自身，感到羞愧，
　　黑暗更为浓密。
我们害怕你的沉默……
　　啊，请给我们暗示！

倘若世间没有什么希望——
　　一切是过眼烟云。
请让我们触碰到你的衣裳，
　　不再胆战心惊。

你在我们中间的那些时日，
　　曾经亲口答应：
“我不会把你们像孤儿似的遗弃，
　　我会再度垂顾你们。”

而今你并不在，心灵不知所措，
　　时钟也不再报点。
可我们相信——你将再度
　　回到我们中间。

1901

安静的光焰

我将亲自找到我的快乐。

这里一切属于我，这里唯有我。

我点燃了安静的灯盏，

我爱它，它属于我。

我多么喜爱羞涩的光焰！

它不灼烫，也并不眩目。

那无法企及的高空之上，

粗鲁的星星为什么照着我？

…………

呜呼，透过撩开的丝幔，

朝霞映照我难以安宁，

跳动的灯光不能够

与天穹的火焰相抗衡。

胆怯的灯光显得很暗淡……
这是第一缕光线——一把血红的利剑……
心儿在哭泣……它不能保护
灯火的光焰。

1901

垂死的霞光

让朝霞慢慢地燃烧，
濒死的心灵——升起一片死云，
心灵好比一只受伤的小鸟
挣扎着要飞走——却又不能。

伟大的罪孽使命运倾斜，
我的肩膀承受不起重担。
一个黑脸膛的贪婪者
乘着夜色朝着我走来。

啊，请看——我泣血而啼。
朋友！你们无法帮助我，
此时，要拯救衰竭的心儿，
你们唯有去向爱情求助。

啊，我并不想处罚过失：

我对你的道路十分信任，

而精神之火将熄灭……我知道：

目下我无法与你同行。

1901

美人鱼之歌

（选自剧本《圣血》）

I

我们是明亮的湖泊的
一群白色的女儿，
我们从纯洁与凉爽中诞生出来。
泡沫，水藻和青草温存着我们，
轻盈的空心芦苇抚爱着我们；
冬天，在冰层下，好似在温暖的玻璃板下，
我们安睡，我们还梦见了夏天。
一切皆美妙：生活！现实！梦幻！

我们不了解烫得要命的太阳，
也从来不曾见到过；

可是我们知道它的反映——
我们知道宁静的月亮。
湿润、温顺、亲爱、纯洁的月亮
在银色的夜晚全身闪着金光，
她就像美人鱼一般善良……
　　　　一切皆美妙：生活！我们！月亮！

在岸畔——那些芦苇中间，
苍白的迷雾滑落并融化。
我们明白：夏天要被冬天所替代，
冬天又多次转换成春天，
美好恰似所有的时刻，
那个神秘的时刻来临——
我们消失在白雾之中，
白雾也将随即消逝。
新生的美人鱼又会出来，
月亮依旧会照耀她们——
她们也同样会随着白雾一起消逝。
　　　　一切皆美妙：生活！我们！光明！死亡！

Ⅱ

湖水在芦苇中间轻轻荡漾。

绿色的星星在天空中闪闪发光。

在那森林之上升起了月亮。

看呀，姐妹们，星星渐渐在暗淡！

雾气活人似的缭绕而上……

雾气是我们湿漉漉的灵魂。

它逐渐稀薄，溶解，消亡……

雾气是我们的生命和我们湿漉漉的死亡。

今夜我们活泼而愉快。

我们的快乐恰似月光。

让我们相互呼唤，

让我们把柔声相互传扬！

我们——湖里的，河里的，森林里的，

峡谷里的，沙漠里的，

地底下的，地面上的，

高大的，矮小的，

毛茸茸的，赤裸裸的我们，

让我们相互了解一下我们自己吧！

呵嗬！呵嗬！

请回答，兄弟们！请回答，姐妹们！

1901

干　杯

我的失败，真诚地欢迎你！
我爱你，正如我对胜利的眷恋；
谦卑蛰伏在我高傲的杯底，
欢乐与痛苦原本是并蒂相连。

多么的安谧呵，明亮的黄昏！
平静的水面有轻雾在徘徊；
最后的残酷蕴含无限的温馨，
上帝的真理包藏上帝的欺骗。

我爱我那一无际涯的绝望，
最后一滴总令我们沉醉。
此刻唯有一事我永志不忘：
不论斟满的是什么，都要——干杯！

1901

电

两根线缠绕在一起，
线头光秃秃露在外面。
那时“正”与“负”不曾融为一体，
不曾融合，只是相互纠缠。
它们黑乎乎的缠结
那么紧密，那么死气森然。
可是，复活等待着它们，
它们也等待着复活。
两根线头相互触碰——
另一对“正”与“负”
和这一对“正”与“负”同时惊醒，
一旦两个线头融为一体，
它们的死亡将引来一片光明。

1901

血

我呼唤着爱情，
我向它敞开了心灵。
　　　　殷红，殷红的血液，
　　　　安详，安详的心灵。

你要预备挽起我的手臂，
用信仰包裹我的心灵。
　　　　殷红，殷红的血液，
　　　　安详，安详的心灵。

不要去悖逆秘密的东西，
而今，秘密深处隐藏着我的心灵。
　　　　殷红，殷红的血液，
　　　　安详，安详的心灵。

爱情，我们唯一的道路！

把我们铸进唯一的心灵！

　　　　殷红，殷红的血液，

　　　　预言，预言的心灵。

1901

真理或者幸福

你们为我感到恐怖——我却为你们感到恐怖，
可我们对恐怖抱有不同的理解。
尽管我们都怀有相似的幻梦，
我们却以不同的恻隐之心为其抱憾。

你们以“人道”之心在怜悯我，
探索之路是那么凶险，那么沉重！
你们害怕经受忧患的痛苦，
指给我一条宁静的，没有炼火的路径。

我以“神性”之灵在怜悯你们，
我对世人施予爱心纯系上帝之故。
倘若我的灵魂变得更为澄明，
你们的途中将燃起更炽烈的炼火。

我为你们在担心安逸的生活，
我知道离群索居的力量。

我并不为你们去祈祷幸福，
我祈祷的内容远比幸福高尚。

1902

我不知道

我的孤独——没有底线，没有边际；
却那么窒闷，那么拥挤；
一个奇怪而狡猾的怪物向我爬来，
看我一眼，想道——神秘莫测。

那呼唤我的一切，拯救我的一切——神秘莫测。
我的灵魂说……从此我便归它所有；
呼唤我，许诺给予幸福和十字架的磨难，
许诺摆脱爱情和苦恼的自由。

可是，如何能摆脱掉爱情和苦恼？
我的灵魂正受着希望的桎梏。
我无法离开……我的圣庙应该存在——
可我不知道它建造在何处。

1901

犹如万物

我不企望，什么都不企望，
我接受本然面目的一切。
我什么都不企望改变。
我呼吸，我活着，我沉默。

我接受可能生成的一切。
我接受疾病和死亡。
可能生成的一切自会完成！
我既不想毁灭，也不想创造。

　　这一切将会怎样——上帝知道！
　　一切保持其本然的面目。
　　大地与苍穹不可摧毁。
　　生命与死亡永不改变。

1901

女裁缝

我已有三天没跟人交谈……
而思绪却贪婪又凶狠。
腰酸背疼，无论我往何处张望——
到处都是蓝色的斑痕。

教堂的钟声敲响又沉寂；
我依然是独自一人。
随着蹩脚的铁针的穿刺，
火红的绸子吱吱响着卷拢。

一切现象里都有印花，
一个个似乎都是缝接。
拿起一个——我想凭借它
去猜出另一个——躲藏着的一个。

我仿佛觉得这绸子像是一团火，
甚至不是火——而是热血。
而热血——也不过是一个标符，
在贫乏的语言里我们称作——爱情。

爱情——不过是个发音……可在这深夜时，
我不能再展开得更宽广……
不是，不是火，不是血……只不过是
绸子在胆怯的铁针下吱吱响。

1901

大　梦

小雨淅淅沥沥地下……在湿淋淋的
阳台下，松树的梢顶不住摇晃……
哦，我死寂的时日！夜蹑足而来——
我也得以苏醒。生命——是一个大梦。

直到霞光闪现，信使将我唤醒——
我置身一个完成的世界。我快乐地入梦。
唔，窗户狭小……白色的楼梯……
我喜欢的一切……我珍爱的亲朋。

安静的孩子们，快乐的流浪汉，
还有那些害怕力量不足的人……
而今和我在一起，全部是优选者，
我们被同一个爱融为一体。

香烟聚合的气浪多么沉重，

前所未有的春花多么动人，

怎样的祈祷，怎样的奉献呵……

…………

多么生动、多么壮丽的大梦！

1901

爱的笔记本

（信封上的题词）

今天朝霞从乌云背后升起来，
又被乌云的帷幔将我隔开。
半明半暗……火漆已经变黑，
我的“爱情”被封合在里面。

我一心想抹去这些漆痕……
可我的意志受着驯顺的束缚。
且让笔记本永远地密封，
且让我的爱情永不流露。

1901

吻

安妮斯，何时能把我的微笑
靠近你迷人的嘴唇？
不要像胆怯的鱼儿被吓跑，
未来怎么样——我也不知情。

我知道欢乐已离此不远，
我狂躁不安的思绪那么兴奋；
但我能否牢牢锁住这一瞬间？
能否轻触你温柔的嘴唇？

看着我，别害怕，我的目光多纯洁，
而心儿正按捺不住地跳动；
允诺的那一瞬间多么美丽！
安妮斯……要克制焦躁的心情。

惊讶与亲密，彼此平等相处，
两者都把惊悸与不安包孕。
安妮斯，我喜欢朦胧的情愫，
并非履行义务——但求可能。

你的嘴唇颤抖着，不清楚
我为之珍藏了什么样的火星……
安妮斯……安妮斯……我只不过
以滑动的吻轻轻地一碰……

1903

水　蛭

在安谧的河湾，在沉默的小河畔，
黑色的水蛭吸附着芦苇的根部。

在可怕的复明时分，在日落时分，
我看见了吸附着我灵魂的水蛭。

而疲倦的灵魂死一般沉寂。
到处是贪婪罪孽的黑水蛭，黑水蛭！

1902

女受难者

我浑身被血与火所笼罩，
将受到焚烧，针扎和刀绞，
殷红的炭火搁上心头，
我鲜活的肉体在燃烧。

假如要死——我就辉煌地死去，
假如要毁灭——我将灿烂地化为灰烬。
我对那些刽子手——决不宽恕，
可是，又为痛苦而感谢他们。

因为，欢乐正是在痛苦中迸发，
我觉得，鲜血便意味着希望，
任由它为着欢乐而流淌吧，
为我芳心相许的那一个而流淌。

1902

时钟停摆

时钟停摆，不再向前走动。
窗外的曙色停止，不再移动。

冰凉的钟面上是杂乱的零件，
皱巴巴的地毯，仿佛白色尸布。

灯管内的弧丝也不再闪烁……
我聆听沉默，仿佛刺探敌情。

什么都没改变，什么都没离开；
可突然变得沉重，内心有什么在滋长。

在声音消逝的那一刻开始，什么都没改变。
可分明有秘密的圆环在庄严地合拢。

我们因为短暂、因为轻松而珍藏的一切——
突然变得不朽，变得永恒——和奇异。

仿佛死者的尸体，逐渐冷却、僵硬……
追求——却没有意向。结束——却没有终点。

无形的永恒之秩序与和谐丧失了声音。
时间停止。时钟停摆，时钟停摆。

1902

金刚钻

一个明亮、寒冷的暮冬黄昏，
绿色的天空——多么安谧。
这是耶稣遇难的黄昏，
我们自由的罪孽的周年忌日。

在这个近乎透明、响亮的黄昏，
我们注定要回忆和痛心。
从凶险不祥的左侧浮现出来，
纤秀的月亮悄悄地张望我们。

在这个黄昏，在这个快乐的黄昏，
纤细如金线的月亮露出了微笑，
人们搬出了沉重的白皮棺材，
齐心合力要将它在出殡车上摆好。

我们想到，我们还有一位犹大兄弟，
他造下了血孽，出卖的——不是我们……
可是我们不怕黄昏，等待着奇迹，
因为我们有金刚钻般锋利的心灵。

1902. 3. 29

赤裸的思绪

阴郁的思绪是一群灰色的小鸟……
孤独的思绪不能令我们振奋：
莫非是朝霞的光，莫非是孩子的笑，
莫非是琴弦的颤动——心沉默无声。

沉默的思绪不去闪发光亮，
却远远地躲开期望的答案。
使我们自然的神光
熄灭，变得冷酷不堪。

沉重的思绪是枯燥的思绪，
缺乏自由的思绪是一条迷途。
我知道自己和别人的罪孽，
我知道哪里可以躲开它们去休息。

我们聚集在敬畏的痛苦里，
在缭绕的烟雾中，在烛光之中，
为的是谦卑而勇敢地
将我们的思绪在一个新的躯壳里寄存。

我们聚集在一起，为的是
把虚弱转变成强力，
将知识与信仰，思绪与启示，
爱情与理性融为一体。

1902

论信仰

希望回到孩提时代，
蒙昧的信仰是一桩重罪，
我们失去它，并不可怖，
无须惋惜过往的步履。

莫非在期盼韶光重现？
我们渴望的是另一种高度。
对我们而言，融合与交汇
存在着朴素的启示。

但请献身于新的洞察，
别再为消逝的一切而愁苦，
自觉献身于真的信仰——
去探索一条无畏的道路。

1902

上帝的生灵

上帝，恶魔也是你的造物，
　　我为此来向你求情。
它身上烙印着我的痛苦，
　　这是我爱上恶魔的原因。

痛苦地反抗，它专心一致
　　给自己编织着罗网……
我不能不将怜悯施予
　　和我一样痛苦着的生物。

当我们接受应分的惩处，
　　走上你审判的庭堂，
啊，上帝，它受了那么多痛苦，
　　请对他的疯狂给予原谅。

1902

月亮与迷雾

　　湖泊呼吸着温暖的雾气，
迷雾好似甜蜜的骗局，温柔又模糊，
　　天空抗争着人间的诡计；
月亮把迷雾一股脑儿全数划破。

　　我与众人一样呼吸着雾气，
舒适的骗局令我感到亲切和甜美。
　　唯有心灵不能容忍诡计，
它像月亮那样把一团团迷雾摧毁。

1902

一无所存

时间挥舞着闪亮的银镰，
　　把原野上的鲜花和青草刈割；
爱情的毛茛，荣誉的紫菀……
　　可是，地底下的根须却完好无缺。

生活和我的理智，明亮似火！
　　你俩对我最为残酷无情；
你们把美好的一切连根拔除，
　　从此，心灵深处便一无所存，一无所存。

1902

绿的、黄的和蓝的

我承受着痛苦的煎熬，
我羸弱而少言寡语。
啊，世界充满了喧嚣！
世界竟是如此的丑陋！

对于暗中探询的东西——
总得不到圆满的答案……
出于偶然，一切混为一体：
语言、颜色和光线。

一盏灯出现在我眼前，
那一盏绿色的灯，
可是，它放射的光线
却阻隔着一道黄色的灯影。

闪发着蓝光，窗子
被黎明的冰霜所封冻……
光线交织——变成一丝丝
朦朦胧胧的褐色灰尘。

人们也像光影似的
从四周向一处汇集：
疯狂而十分丑恶，
粗暴而不可思议。

1903

蜘　蛛

我在狭窄的斗室——自成一个世界。
狭窄的斗室非常低矮，
而在屋子的四角——有四只
蜘蛛，永不知疲倦。

它们灵巧，肥胖又龌龊。
一直在编织，编织，编织……
它们那永不间歇的劳作
那么单调，真叫人心生怯意。

它们这四只蜘蛛
编成一张巨大的蛛网。
我看见它们蠕动的背脊，
满带着恶臭和肮脏。

蛛网罩住了我的眼睛，
它灰暗、柔软又黏黏糊糊。
沉醉在兽性的快感之中，
这四只肥肥胖胖的蜘蛛。

1903

白色的圣衣

那白色的圣衣我要赠送给胜利者。

——《启示录》

他经受着远在异地的乡愁，
我也要接受这样的考验。
我必须谦卑地接受
他的爱情——他的沉默寡言。

我的祈求愈是无声无息——
就愈纠缠不休，愈加不会退缩，
而期待也就愈加美丽，
未来的联盟也愈加牢不可破。

我不知道时间，不知道期限，

他的造物被他捏在手里……
我要战胜最后的苦难，
而这也是他的胜利。

我将把我勇敢的心儿
献给我那苦难的制造者。
天主说过："那白色的圣衣
我要赠送给胜利者。"

1902

（以上选自《1889—1903年诗选》）

彼得堡

（致谢·普·加勃罗柯夫）

“我爱你，彼得的作品……”

你的孤岛笔直，你的外貌残忍，
粗粝的花岗石颜色灰暗，
每一个十字路口都摇摆不定，
战栗，一如笨拙的背叛。

你的沸腾是那么的冰凉，
比荒漠里的静止更加危险。
你的呼吸——是腐烂与死亡，
而流水——是涩口的苦艾。

白昼如乌煤——夜晚如白雪，
小公园飘出死尸的迷雾。

玻璃般晶莹的天界
被彼岸的一枚针刺戳破。

经常是：水流千回百转，
直竖了起来，向后奔去……
流水无法洗清巨大的河岩，
无法刷去红黄色的斑点。

这些红锈色的斑点沸腾，
既不能忘却它们——又不能抹掉……
永不磨灭的印痕
在黑色的躯体上燃烧，燃烧！

像以往一样，你的铜蛇蜿蜒向前，
蛇之上空的铜马渐渐冷寂……
清除一切的胜利火焰
不可能将你一口吞噬——

不！你不会淹没在黑水藻中，
可诅咒的城市，上帝的敌人。
沼泽地的蠕虫，顽强的蠕虫
将把你石质的骨架全数蚀尽。

1909　圣彼得堡

公　鸡

你要知道——我们既非此，也非彼，
问题在这里，我们是流浪者。
公鸡在歌唱，公鸡在歌唱……
但是，天空的脸膛却更加乌黑。

请你看一下树木——看一下尖梢。
黎明的临近在摇撼它们……
公鸡依然在歌唱，在歌唱——
而从不作回答的大地默不出声……

1906　巴黎

婚　戒

灯盏尚未点燃，一片漆黑，
我看见黑暗中有一道闪光。
这是我裸露的灵魂最后的
裸露——不会有更大的尺度。

我最为看重的是一个个愿望……
可是，上帝，我深情地将一切——
我的愿望，我自身，神圣的痛苦，
祈祷和寄托都奉献给你的爱情。

在这个无限温驯的时刻，
飞腾的火焰将我笼罩，
我遵从你吩咐秉有一种威权，
披上你的火焰作为外套。

我望着你生动的脸庞，
将双手伸向自己的亲人，
蒙受变形痛苦的光芒，
十字架在我也如同一枚婚戒。

1905

致　她

哦，为什么命中注定
我要不可遏止地爱你？
莫非是你从我的近旁走过，
或者只是我的一个梦？

我捕捉你轻烟似的身影，
谛听你低沉的脚步声……
我喜欢你法衣上的凉意，
伸手一触就战栗不已。

我的花园中了魔法，
干枯的叶子已然落尽，
当你在我的花园中走过，
我思念，如同牵挂恋人。

现身吧，你威严的面容！

且让烟幕四下散去吧！

我希望又害怕——等着你的召唤……

走进我吧。合成一个圆环。

1905

福　音

安静的春天正在呼吸，
将致意的光明呼吸……
我在窗前静坐，
纺织着彩色的布匹。

为各种颜色进行搭配，
我编织明朗的流苏……
约言使我十分欣慰：
给圣庙织一幅鲜红的帐幕。

我的口中不断地重复
上帝耳熟能详的祷词……
清晨的阳光普照着
砖石砌成的墙壁。

轻轻地，在窗台上，在窗外，
突然，有白光在闪耀……
我那颗羞怯的少女之心
在胸膛里怦怦直跳……

可我并不害怕……当他进来时，
我一点都不怕那明庞的人。
他，就像我的兄弟……我行礼，
向这位圣使鞠了一躬。

他交给我一朵小白花……
我既不衡量，也不评判，
可是，他已踏过了门槛，
他说什么——我全都相信。

上帝的意志就是我的意志。
遵照他的愿望去执行……
他的心愿就是我的心愿。
让上帝的爱情奔涌进来……

1904.3

深　夜

我知道深夜里奇怪的彻悟：
　　当我迎着寂静走上去的时候，
我怀着深情，给了她轻柔的爱抚，
　　一股光明的力量便涌上心头。

灵魂在施魔法还是在祈愿——
　　我不知道，可我喜爱这信息……
我思忖，时间将平分为两瓣，
　　而未来也仍然和现在相似。

一切愿望，远的和近的愿望——
　　被铸成一个伟大的圆环。
我的渴望，恰似着火的风，
　　恰似飓风一样狂烈而无限。

我看到，在某人的头顶闪耀
　　白色桂冠崭新的光泽……
超越时间之上，我内心连接着
　　开端与终结。

1904

白　昼

我渴望过翱翔与生命。
可是，我的灵魂如同一只死鹰，
像死鹰般在污泥中倒下，
无奈地屈从于大地的管辖，
又不能砸碎它的锁链。
浓重的寒冷是大地的被单，
浓重的寒冷渗透了我的灵魂。
我紧贴大地，与它一体相融。
我俩都已死去，大地和我。
我的灵魂——是一只死鹰。

1904

自　由

我不能一味去顺从人们，
　　怎能够一辈子甘心为奴？
我们相互判定了整个一生——
　　为的是最后一命呜呼。

我不能一味去顺从上帝，
　　倘若我真爱上帝的话。
他已为我把道路指示，
　　我又怎能够偏离它？

我扯碎人们的罗网——
　　幸福，痛苦和梦想。
我们不是奴隶——而是上帝之子，
　　孩子也应自由，像他一样。

我只是以儿子的名义

　　呼唤上帝，生命的创造者：

因为，你的意志与我的意志

　　将永远是同一个！

1904

周围一切

可怖的、粗鲁的、黏糊的、肮脏的，
残酷而迟钝的，永远丑陋不堪的，
滞缓撕裂的，渺小—不诚实的，
滑溜的，羞耻的，卑劣的，拥挤的，
明显满足的，秘密—淫乱的，
平淡—可笑的和令人厌恶—怯懦的，
泥泞的，沼泽的，苔藻的，死水的，
既不值得生也不值得死的，
奴隶的，野蛮的，脓肿的，黑色的，
偶尔灰色的，总是在灰色的，
永远卧躺不起的，魔鬼似保守的，
愚蠢的，干枯的，昏沉的，凶恶的，
尸体般冰凉的，可怜—卑微的，
难以忍受的，虚伪的，虚伪的！

但无须抱怨；哭泣中哪有欢畅？

我们知道，我们知道：一切将变样。

1904

你安心吗?

全能的上帝以自己的手
希望拯救尘世的人们。
栖居的场所已经布置，
前进的道路也已经指明。

一切都由圣灵来决定，
它掌握命运的钥匙，
它拯救所有人。别碰兄弟，
不要说服他……随他去。别出声。

可是，倘若道路早已确定，
而且还有“必须服从”的遗训——
那么，为什么按照上帝的旨意，
无聊地——赋予我们一份——爱情?

1904

它　们

它们叮当响，歌唱，从旁边走过，
它们不可思议，它们不可猜测，
在迷雾中滑过，不可捉摸——
却又一次悄悄返回……

它们的致意如同轻烟、如同游戏，
是思想的反光，词的影子……
它们是一群神秘的孩子，
诞生于一个未知的世界。

它们还不是生命——却渴望生命，
不是声音——只不过是琴弦的战栗。
它们忠于光影闪烁的祖国，
它们是拥有翅膀的天使。

而我，拥有理性却没有权杖，
我对它们没有任何法力，
不能阻止它们朦胧的飞翔，
在此岸将它们点燃。

我只能听到它们向上飞旋、飞旋，
捕捉它们悄无声息的颤动。
它们在嬉戏，哭泣和欢笑，
而毫无权势的我——眷爱着它们。

1904

之　间

“皓月当空，树影婆娑……
潺潺的水声依稀可辨。
而我晃动在空中的罗网上，
天与地距离我同样遥远。

地下哀鸿遍野，天上醉生梦死，
痛苦与欢乐都令我感到沉重，
纤柔的烟云袅娜如孩童，
成人们却狞恶、贪婪似野兽。

成人让我叹惜，儿童令我羞愧，
此岸我不受信任，彼岸不被理解，
地下备受煎熬，天上无尽屈辱，
我悬在网中——下不来，上不去。

生活吧，人们！玩耍吧，孩子！
我晃荡着对一切都说‘不’……
我惧怕的唯有一事：悬在枝头，
我怎能去迎接人间温暖的曙光？

黎明的蒸汽鲜活而罕见，
它们诞生于大地，升腾、升腾
莫非直到日出，你依然悬在网中？
我知道，太阳将把我烧成灰烬。”

1905

在家里

绿色的，浅紫的，
银白的，鲜红的……
我严厉的朋友，
我憔悴的花儿……

你们是我虚度的岁月，
我怯懦的时光，
啊，黄色的和红色的，
浅紫的和银白的！

安息的和阴暗的，
失败的和期待的……
残酷的，顺从的，
默默呼唤死神的……

呼唤着，矢志不移，

它们的呼唤愈加困顿……

我的花儿，我的花儿，

我最后的友人！

1908　巴黎

非爱情

像湿漉漉的风，你叩击着窗棂，
像黑色的风，你唱道：你属于我！
我是古老的混沌，你早年的朋友，
你唯一的朋友——打开，打开！

我抓住窗棂，却不敢打开，
我强压下恐惧，靠近窗门，
我珍藏，取悦，珍藏，抚爱
我那最后的光——我的爱情。

混沌在狞笑，盲者在呼号：
你将死于桎梏——冲出来，冲出来！
你懂得幸福，你孤怀独抱，
幸福在于自由——在于“非爱情”。

一阵寒意袭来，我不住地祈求，
我勉力默念着爱的祷词，
手逐渐无力，我即将结束战斗，
手逐渐无力……我必须打开窗子！

1907

白羊星座与射手座

我诞生在疯狂的三月……

——阿·明肖夫

不是少女般的三月将我的朝霞照耀：
她的火焰早在十一月就已开始燃烧。

不是白色的玉髓——我秘藏的宝石，
我被许诺在人间得到火红的风信子。

十一月，白雪将在你的额头为你加冕，
两种色彩的两个秘密将我的一生缠编。

两位同路人判定我这样的生活：
冰冷的雪花，白色的闪烁——

红色的风信子——他的血液与火星。

我接受了我的渊薮：贫困与爱情。

1907

致土地

黎明般的黄昏，我打开窗子，
面向露珠和雾蒙蒙的风。
我的痛苦，我与你在一起，
共同祈祷纯洁的黎明。

我知道：力量和创造正潜伏
在最后的秘密里——只向她袒露。
如今我们是两个，我的痛苦，
可是，我俩将在同一个洞穴里居住。

我们将呈现崭新的面貌，舍弃奴性的幸福，
踏着痛苦的光明和热恋的暗影，
不由自主地走向黎明的露珠，
将露珠从死一般的睡梦里唤醒。

我们像一团快乐的烟雾似的沉降，
我们流溢，像天边鲜红的夕晖，
我们用难以消除的愿望
点燃病重的土地，疲惫的姐妹。

不，我们不是走向姐妹——我们只是
带着万能的明亮之礼物走向大地——新娘。
倘若需要——我们将和她燃烧在一起，
我们三个将在狂放的情焰中死得辉煌。

1905

辩　白

没有自由，没有能力，
我的朋友就像是仇敌……
　　对于我无限的勇气，
　　请给予帮助，上帝！

没有光明，没有知识，
没有与人们交往的力量……
　　上帝，请满足我的希望，
　　满足我的希望！

没有刚毅，没有温情……
也没有途中的傲岸……
　　上帝，请照亮我的勇猛，
　　我的躁动不安！

我那么羸弱，那么易朽，
站立在你的面前。
　　请将我埋葬，将我收留
　　在所有的不完善里面。

我不想呈献给你谦卑，
那是——奴隶们的命运——
　　我并不期待慈悲
　　和对一切罪孽的遗忘。

我信任——自己的辩白……
召唤我吧，给我爱情！
　　将我的痛苦点燃，
　　在你爱情的火焰中烧成灰烬！

1904

玻　璃

在一切都非同寻常的国度，

我们被成功的秘密编织在一起。

可在我们的生活中，并非偶然地，

我们被隔离，中间横亘着

一块黑色的玻璃。

我没有能力打破这玻璃，

也没有能力祈求他人的帮助；

紧贴这黑色的玻璃，

我观望着愁闷的迷雾，

玻璃的冰凉令我感到恐怖……

爱情，爱情！啊，给我一把锤子，

哪怕让玻璃碴子扎伤，

我们牢记的唯有一件事：

在那一切非同寻常的地方，

悖逆着我们的意志，并非偶然地，
我们被最后的秘密编织在一起……
上帝能听到。周围一片明亮。
他将给我们力量去打破这玻璃。

1904

倘　若

倘若你不喜欢雪，
倘若雪中没有火焰，
你也不要爱上我，
倘若你不喜欢雪。

　　倘若你并非那个我——
　　我们也看不见那张圣脸，
　　他也不会将我们合成一个圆，
　　倘若你并非就是我。

倘若我并非那个你——
我就无痕迹地化作空气，
宛如喧哗奔流的溪水，
倘若我并非那个你。

倘若我们并非生存于他，
在他身上结为一体，
环环相扣，结成环链，
倘若我们并非生存于他——

那就意味，为时尚早，
那就意味——我们命运未卜，
闪烁的是他的火焰，
要在他包容的大地上复活。

1905

仅仅关于自己

我们——胆怯的，受所有的瞬间支配。
我们——骄傲的——为自己的奴隶。
我们信仰——因自己的悟性感到羞愧，
我们恋爱——又似乎缺乏柔情蜜意。

我们——谦逊的——无耻地沉默。
我们害怕在欢乐中被人讥讽——
我们永远愁苦地顾影自怜，
我们永远卑下地制造分歧！

我们考虑，为应诺给我们的新土地
建造起一座崭新的庙宇……
可是，每个人都贪图自身的安逸，
看重自身挤在夹缝中的孤独。

我们——安详的——为上帝而在心中害臊，

傲慢的——我们在阴燃，没有火光……

啊，一条恐怖的奴隶之大道！

啊，最后一道浑浊的霞光。

1904　圣彼得堡

带上我

上帝啊，向我揭示，向我揭示人们！
他们是否属于你，是否你的创造；
抑或是敌方饱含毒汁的莠草？
上帝啊，向我揭示，向我揭示人们！

还给我力量，赐给我爱情。
赐给我夜晚的悟性，
和被照亮的翅膀之振动……
上帝啊，请你赐给我爱情。

在胜利的时刻——带上我。
带上我啊，我生活的恩主，
带向你的闪光，你的隐修所，
把我带进你的忘却！

1904

画　圈

他来到我身边——而我不知他是谁，
在我四周画一个圆圈。
他说，我不会知道他是谁，
他以面纱蒙住了自己的脸。

我请求他画得再慢一些，
或者走开，不要触碰，稍许等待。
假如可能，就画得更慢一些，
不要将我划封进这一个圆圈。

黑衣人十分诧异：“我怎么能够？”
在面纱背后轻轻地一笑。
“是你的罪孽在绕圈——我怎么能够？”
“是你自己的罪孽在将你围绕。”

离开的时候，还说："你好可怜！"
在一片虚无中隐没。
"挣脱了圆圈，就不会如此可怜！"
"挣脱出来，从这圈子中走出。"

他已离开，可他还会回来。
他已离开——一直没暴露他的脸面。
倘若他再度回来，我又能怎么办？
我不能够挣脱这一个圆圈。

1905

她

在自己无良与贪婪的卑劣中，
她，犹如灰尘，犹如俗世的浮尘，
因为我和她牢不可分的关系，
因为我的亲近，我逐渐死去。

她粗糙不平，她充满芒刺，
她无比冷漠，她是一条蛇。
她呈折线状的鳞片
将我硌扎得遍体是伤。

哦，但愿我能嗅到尖锐的芒刺！
她磨磨蹭蹭，迟钝，无声。
她如此沉重，又如此萎靡，
她幽僻沉闷——令人无法接近。

她用自己的圆环，执拗地
给我抚爱，让我感到窒息。
哦，这一颗死的灵魂，黑的灵魂，
哦，我的——这一颗恐怖的灵魂！

1905

她

（致亚·亚·勃洛克）

在星光灿烂的天际，
倘若谁见过白色的启明星——
他就会永远铭记意外的秘密，
这些蕴含重诺的奇景。

心灵，心灵，不要惧怕寒冷！
清晨的寒冷预示临近的白日。
可是清晨活泼，清晨年轻，
它包含着火焰的喘息。

我的心灵，自由的心灵！
你比滤过的水滴更清纯，
对于一颗美丽的启明星，
你就是碧绿的初阳天空。

1905　圣彼得堡

石　头

肉体的石头压迫着精神，
　　簌簌作响的白色翅膀，
　　轻盈的创造之思想……
压迫着肉体的石头是精神。

肉体的石头窒杀着肉欲，
　　缠绕着秘密的儿童的快感。
　　赤裸的疾速的抚爱……
窒杀着肉体的石头的是肉欲。

石头与石头之间没有通道。
　　我们被埋进同一块土地，
　　你与我却各自东西分离……
我们相互之间没有通道。

1907

玩 笑

不用听信我，那不值得：我所讲的一切
　　都是胡言乱言；我在扯谎。
假如心中还有些不幸的知识——
　　我会将它们秘密地收藏。

人们像孩子似的：残忍又天真，
　　深深相爱，又经常给对方以苦恼。
他们并不在高山上——而是谷地的居民……
　　他们需要知道——但是为时尚早。

法定的时间行将到来……
　　心灵等待着隐秘的时辰。
在此以前，我们因沉默而感到疲倦，
　　便撒谎取乐，用来驱除烦闷。

我只是在重复那无聊的东西，

　　把无休无止的故事编成。

而那个致命的最后的秘密——

　　我无论如何也不会告诉你们。

1905

露水名字

（致瓦·努维尔）

昨天我们交谈了很多，很多，
盛开出美丽鲜艳的花卉，
纤细，匀称的草儿生长，
开放，生长——然后是枯萎……

干枯的细枝耷拉了下来，
那曾有过的全都化为灰烬……
语言和思想将我们联结起来，
而可怕的名字却要疏远我们。

我们懵懵懂懂地四下走散，
我不知道——是虔诚，还是不敬……
难道我们之间的一切永远缺乏露水，
既没有露水，也没有爱情？

1904

拥　有

（致瓦·乌斯宾斯基）

春天的绿叶发出绿色的喧哗……
传来浪花绿色的簌簌声，
我永远等待非人间的鲜花，
而春天至今都不曾苏醒。

烦闷的日子里敌人如此之近，
说道："死亡是最甜蜜的时候……"
心灵远远地离开这种诱引，
谁能有所希望——谁就能拥有。

倘若夜晚我孩子般地哭闹，
那颗疲倦的心儿多么衰弱——
但是，我永远不会迷失掉

那一条忠实地引向纯洁的道路。

尽管通道更险峻——台阶更浅白，
我还想抵达，我还要寻索，
到那里去拥吻他的膝盖，
然后死去——再度复活。

1905

八　月

雨淋淋的旷野空寂广袤……
在湿雾之中丧失了羽翼，
浓烟并没消散，依旧在缭绕，
垂挂下来，直伸向大地。

雨淋淋的旷野十分恐怖……
在黑暗中，在梦中，逐渐变冷，
心灵被刺穿，逐渐衰弱，
面临自身那最后的安宁。

智者的痛苦和天堂的快乐在何方？
雨淋淋的旷野十分孤独，
白日的夜晚，夜晚的白日……
死气沉沉地活着，也不痛苦，

透过梦幻，伴随行将熄灭的篝火，
回忆越来越清晰。

上帝，我的上帝，太阳，你在何方？
救救我那颗被征服的心灵吧！
扯碎那些暧昧不明的诽谤，
啊，闪光吧！触动吧！点燃吧……

1904

大　地

在空旷的沙漠里有一个空洞的圆球，

　　恰似魔鬼的沉思……

永远悬挂，至今还挂在那一头……

　　疯狂，疯狂！

唯一的瞬间凝结——绵延，

　　恰似永恒的悔恨……

不许哭泣，也不许祈祷苍天……

　　绝望！绝望！

某人以地狱的痛苦进行恐吓，

　　随后又许诺得救……

既不需要欺骗，也不需要真理，

　　遗忘！遗忘！

赶快将空空洞洞的眼睛闭上，

　　尽早腐烂吧，死者。

没有清晨，没有白昼，唯有黑夜漫长……

　　终结。

1908

溢流段

（致亚·亚勃洛克）

我的心灵阴郁，惊惶不安，
　　被词句的枷锁羁累，
我是——在结冰的河岸之间
　　排泄出来的污水。

你怀着可怜的人类的柔情蜜意，
　　不要再靠近我。
心灵凭借难以抑制的预言能力
　　幻想着雪地上的篝火。

假如在心灵盘根错节的迷惘里，
　　你连自己都看不到——
沸腾的冰冻的它不会对你
　　提出任何需要。

1905

雷　鸣

（致勃洛克）

对我处在惶惑不安中的心灵，
　　不用害怕，也无须怜惜。
两道闪电——是两种不可能性，
　　在我的心中融为一体。

我寻求危险而权威的东西，
　　所有道路的交汇点。
而一切鲜活而美丽的东西
　　都将在短期内到来。

倘若人世的温柔这一真理
　　并非是怜悯，而是爱情——
对我毁弃一切的狂躁和迷离，

　　请不要与之抗争。

你惊惶于永恒的瞬间……
　　走开吧，闭上你的眼睛。
这些扑面而来的电闪，
　　在我灵魂深处汇成一声雷鸣。

1905

春　风

君临一切的、湿漉漉的风儿，
张开一对快乐的白翼，
盲目的、胆大的——无意志的风儿，
它是变幻的使者，时间之子。

它蕴含着一连串逆行的争斗与舞蹈，
它那疯狂的游戏，
它的爱抚那么狂暴，
像刀割一般强烈。

疲惫的、衰老的、融化的冰层
默默地向下沉落。
请喜爱白色的春风，
它的游戏，它的飞舞。

1907

意外地……

另外的道路十分沉重……
生活严厉地抽打着……
　　某一双眼睛从人群中
　　那么恶毒地看着我。

　　你是谁，疲乏、凶恶，
　　你这悲伤的过客？
　　莫非是我未来的朋友？
　　　　莫非是我遥远的仇敌？

我们在共同的锁圈里羁留，
　　里面充斥痛苦与忧愁……
我相信，你一定是我的朋友
　　尽管我不知道你是谁……

1908

鹤

如今在那冰雪消融的地方，
　　白嘴鸦大声地鸣叫；
春天那怯生生的光芒
　　充满非人间的爱怜……

　　　　光线呈放射状伸展，
　　　　从高空来到了人间，
　　　　　　恰似秘密的信使。
什么样的尺度能够衡量悲伤？
啊，请让我，请让我信仰
　　　　　　我那人间的真理！

那里，在冻结了的温和的法衣下，
　　可以听到河流的呼吸。

那里，如今在纯洁的小白桦树下，
　　融化着的冰雪愈加衰竭……

　　　　莫不是飞向那里，顺着深邃的穹苍，
　　　　莫不是飞向那里，排成长长的一行，
　　　　　　仙鹤长唳着，展翅高飞？
什么样的尺度能够衡量激情？
啊，请让我，请让我相信
　　　　我那人间的幸福！

我听见冰层是如何在撞击和破裂，
　　以及水流高傲的歌唱，
在苏醒了的大地上开放着
　　太阳般殷红的花朵……
　　　　预言的鸟儿传递消息：
　　　　夜晚的闪电即将停止，
　　　　　　太阳将升起在远方……
该以什么样的尺度衡量爱情？
啊，请让我，请让我相信
　　　　我那人间的力量！

1908.3　巴黎

（以上选自《1903—1909年诗选》）

休　憩

　　词语——仿佛泡沫，
一去不返，微不足道。
　　词语——就是背弃，
倘若不再能够祈祷。

　　让绵延暂且去绵延，
打破沉默的并非是我。
　　灵魂与世界长期隔开，
莫非还有希望获得痊愈？

　　我知道，而今
需要顺从于无言的默然。
　　但蕴含了一种乐趣：
绵延它不会永远绵延。

1914.11　圣彼得堡

绿色的小花

向你致敬，绿色叶瓣的小花！
沿着红色道路我们走向绿花，
而春天独活草的绿色是安宁的颜色，
我们被明亮的希望所笼罩。

任由小花沉睡、隐藏——它还活着！
春天的大地充满激情的倦怠……
起来吧，我的土地！复活节那一天，
绿色火焰的小花将要盛开。

1915.3　圣彼得堡

年轻的旗帜

展开，展开，飘扬的旗帜！
　　三色旗在风中抖开！
起来，活着的人们，和我们在一起！
　　复仇的日子即将到来。

我们的旗帜上有三种底色，三种底色：
　　绿色——白色——和红色。
万岁，青春、真理和自由！
　　前进！未来在向我们招手。

1915.3　圣彼得堡

倘若这样

倘若光明消逝——我就什么都看不清；
倘若人类变成野兽——我就对之百倍憎恨；
倘若人类不如野兽——我就去杀死他，
倘若俄罗斯灭亡——我就只能选择自杀。

1918.2　圣彼得堡

（以上选自《1914—1918年诗选》）

闪　烁

词的闪烁……存在那样的闪烁吗？
星星的闪烁，云彩的闪烁——
我爱这一切，我爱……可是，倘若
人们对我说：这就是词的闪烁——
我的答复是，我并不羞于承认：
为了它，我预备放弃
其他美好而神圣的闪烁……
一切为了这词的闪烁！

词的闪烁？啊，我可怜的人儿或诗人，
莫非我又在向你重复唠叨，
我谈论的是词的闪烁，
大地上并没有其他的闪烁？

路　人

尽管只见过一次便杳无踪迹，
每一个偶然相会的人的心底
都有自己的历史，活生生的隐秘，
自己幸福和悲苦的一番记忆。

无论过路者是怎样的一个人，
总有可能得到什么人的青睐……
他不会被遗弃：只要路还没走到尽头，
总有人自高空下来，悄悄地跟在他身边。

我像上帝一样，渴望了解每个人的一切，
看别人的心灵如同我自己的一般，
像鲜活的清水一样解除它们的饥渴——
把另外一些心灵送还给“不存在”。

标　准

永远有什么东西缺乏——
有些东西却又过多……
一切似乎都有解答——
可总没有最后的结果。

有什么是完善的——并非如此，
不适宜，不可靠，不牢固……
每一个标志都十分可疑，
在每一个决定中都存在谬误。

水中的月亮蛇一般扭动——
撒谎，闪光，看来很亲切……
亏损和盈余到处发生，
而标准——只有上帝掌握。

超越遗忘

我的身与心整个儿
早已把你给遗忘，
好似在一所空屋里，
你的窗门已紧紧关上。

这不，这个偶然的声响，
我同样已经遗忘，
由于某种秘密的缘故，
在我的心中改变了我。

把那一个灵魂留下来，
什么也别对理智说，
只有热烈的温暖，
才能充实整个的我。

不是记忆——而是复活，

瞬间返回的岁月……

往事就这样被忘却，

在自己的天地里生活。

永恒的女性

我该用什么样的词语来描绘
　　她白色的衣裙？
我该用什么样的曙光
　　来熔铸她的存在？
啊，我发现人间所有的女人
　　都是你的名字：
索尔维格，特蕾莎，玛丽亚……
　　所有女人——就是你一人。
我祈祷，我爱恋……可对你的
　　祈祷和爱恋是那么少。
我要归属于你，归属于
　　混沌初开时的你，
以真心来应和你，
　　那深藏于胸的真心，

让温柔的你辨认出

　　在心中纯洁的形象……

那将会有另外的道路，

　　另外的爱情时光。

索尔维格，特蕾莎，玛丽亚，

　　新娘—母亲—姐妹！

南方组诗

1. 为什么？

葱绿的棕榈叶
在月光下摇曳，
我是否幸福？
我如今活得如何？

像一根小小的金线，
萤火虫一闪而过。
心灵像一只酒碗，
盛满了不尽的愁苦。

远海像一块空旷的土地，
银色的百合花盛开……

我故乡的土地，
你为什么会受到损害？

2. 青　蛙

怎样的一只青蛙（不论什么样）
在潮湿的黑色的天空下
鸣叫，专注、顽强、悠远而嘹亮……
它是否能突然发出最重要的鸣叫？

倘若它的语言能够突然得到理解，
我也会改变，一切都将改变，
我就会对世界做出另外一种解释，
新的启示也会在世界上向我敞开？

可是，我懊丧地拍打着窗门：
这一切都是南方之夜的魔妖
造成的恼人而永不入梦的噩梦……
怎样的一只青蛙！多么的需要！

3. 暑　热

夜晚是那么纯洁、熟悉与乌黑，
使得自己星星的圆顶感到晕眩，

无可回避地，这五光十色
很早就令我的心灵感到厌倦。

一条牛奶路[1]——是一条冻结的冰河，
那里的河水既不流淌，也不闪烁……
啊，云彩——是上帝思想的折射！
我爱过你们——而今我为你们忧愁！

4. 雨

一切都过去了，火灾，暑气，
一切都过去了，——一切起了变化；
低矮又潮湿的帐幔一片灰蒙蒙。
啊，可爱的雨！沙沙响吧，沙沙响吧！
故乡的簌簌声令我感到亲近，
好似悄悄溢出灵魂的泪花。

1 即银河。

月亮诗

1. 斑　影

歪斜的、白色的斑影
像模糊的揉皱的纸团，
早已在不舒适的海空
毫无目的地高高悬挂。

一排排浪花涌上来，
海水摇晃着木桩，
而太阳自高空向下俯瞰，
寂寞地放射出光芒。

可是，当它愤怒地隐入乌云，
仅仅只有短暂的片刻，

我仿佛觉得：斑影
慢慢变成了粉红色。

弯曲令心灵烦躁不安，
使得玫瑰红的影子惧怕，
我在悄悄地等待
来自斑影的魔幻的变化。

2. 墙

伴随着微弱的绿光闪烁，
好似在半梦半醒的状态中，
我沿着光溜狭窄的斜坡，
沿着白光闪烁的墙壁移动。

轻巧的身躯十分驯服，
承受月亮细心的温存，
轻盈一如空气的脚步，
信赖那光闪闪的虚空。

大地，你的枷锁已经落下，
你的法则已经被嬗替，
高空的王国在月光下

多么安详、自由，仿佛插上了双翼！

我那凶险的道路死气森然，
蜿蜒伸展于——爱的小径……
啊，母亲，大地！不要以遥远的呼唤
打断我沉醉的梦境！

难道你也希望，我再一次
像奴隶似的向深渊跌倒——
沉重恰如一块巨石，
落入你饱含妒意的怀抱？

或　许

这奇怪的世界总令我不安和困惑！
你思考得越深远，你理解得便越少。
没有什么答案，永远如此：或许。
而最老实坦率的话是："我不知道。"

无法消除沉思冥想的忧虑。
可为什么我的岁月会增多这些疑惧？
它们如何产生？从哪里来？
　　　　　　　　　　　　在某处——
我不知道的某处——答案是有的……或许？

清　晰

一切生活的引线非常纯净，
可是，不要将它们胡乱纠缠，
引线的纯净与唯一性
永远会把你拯救出谎言。

洞　隙

这里——只有允诺和标志：
金色晚霞下的一根尖针，
亮闪闪的豁口，黑暗中的洞隙……
这里只有蓝色梦幻的鸿运。

可我贪婪地谛听人间的誓言，
瞬间在流逝，一环紧扣一环。
而我对故乡的土地深深眷恋，
恰似爱桥，爱通往星空的道路。

这一个傍晚全被月亮刺覆盖，
（所有傍晚，所有傍晚，——合成一个）
在绿冰那酸涩的寒冷上面，
匕首写下的唯有红色的标帜。

越是拥有信仰，越是纯洁，

我爱我高高的窗子。

在人间我只爱非人间的东西，

我爱她……她和你——是一个环节。

像他那样

自行克服，毫无慰藉，
体验一切，接受一切。
甚至在心中也因为遗忘
不曾得到秘密希望的滋养。

而曾经，犹如蓝色的穹顶，
像他那样高尚而朴素，
以其可爱的空旷
俯视十恶不赦的大地。

山中即景

最后一棵松树被照亮，
松树下的黑山脉十分松软。
它很快也将失掉光芒。
白昼结束——再也不会出现。

白昼结束，其中有什么遗留？
我不知道，它像鸟儿似的飞走，
它不过是一个普通的白昼，
可是，毕竟——再不见它回头。

致群山中的她

Ⅰ

我并非毫无意志，并非很随意地
珍藏着我浅紫色的小花。
我带来一枝长秆的花萼，
将它放在心上人的脚下。

而你却不乐意……你不喜欢……
我徒然地捕捉你的眼神。
随你的便！你不乐意——也不需要；
无论怎样我都对你一往情深。

Ⅱ

我在森林中寻找一朵鲜花，

　　我总不信，不信你毫无谢意！
我将给你带小门的透明屋子
　　献上一朵鲜艳的百合花。

我在小溪旁感到十分恐惧：
　　从峡谷里升起冰凉的迷雾，
蛇儿悄悄地咝咝爬过……
　　我却找不到送给心上人的花朵。

教　诲

沉默吧，沉默。别和人们去交心，
不要揭开心灵上的帷幔。
你要明白，你要明白——对地球上所有人
你不值得费力去说一个字眼。

不要哭泣，不要哭泣，谁若把自己的悲伤
在人前巧妙地隐瞒，他就会幸福。
整个世界都不及你的一滴眼泪，
它连任何一个人的泪滴都不值。

隐匿起你的痛苦，为它感到羞耻。
走吧——平静地走过去。
不要有一句话，一滴泪，一声叹息
让大地与人类有资格承受。

钥　匙

我得到了一把秘藏的钥匙，
　　我将它小心地保存，
不知不觉中它长满了锈迹……

　　最后的期限已满，
我走上险峻的桥梁。
　　河里沉渣在浮泛。
水流浑浊地拍击
　　夜幕笼罩的岩石，
模糊不清，喋喋不休，
　　唠叨着自己的事项，
好似泡沫生满了铁锈，
　　在桥下纷纷扬扬，
酷寒的风儿在四下里

追索簌簌作响的年代。

我抛弃了无用的钥匙，
我的钥匙——扔进了翻滚的水流。
它切开水流，迅即消逝，
沉淀在某一处河底。

请原谅我忧心的一切，
不要再把我牵念。

她走过去……

耸起在林中的斜坡上，
黄昏时分我看见她露面。
绿色的透明的冠冕，
呆滞的眼睛深蕴着悲哀。

轻轻地走过，在红松林中消逝，
深褐色的树叶不再沙沙响，
透明的冠冕闪烁着绿光……
我的灵魂在嘤嘤哭泣。

我爱过她，爱得几近疯狂……
在我垂暮之年是否能明白？
她那纤巧、透明的冠冕，
眼中绿色的秋光。
可是最后一次向我闪现？

镜　子

而你们难道从没有见过？
花园里和公园里——我不知道，
到处是镜子在闪烁。
下面——平原和旷野，
上面——在白桦上，在云杉上，
柔韧的松鼠在跳跃，
毛茸茸的树枝垂挂下来——
到处是镜子在闪烁。
上面——草儿在摇摆，
而下面——云朵在奔跑……
每一面镜子却十分狡黠，
大地与天空对它而言都太小——
它们相互重复着，
它们相互反映着……

而在每一面镜子中红色的霞光
总与青草的碧绿交融；
在镜子反射的瞬间里，
大地的与天空的——相互平等。

懊　恼

当我从死者中间苏醒过来，

　　有一件事叫我大吃一惊：

这一场发自死者的暴乱，

跟从前发生过的完全雷同——

　　一切很普通，一切似乎理所当然……

我要猜透它为时尚早！

而懊恼却在将我噬咬，

直到我能够破解其中奥妙。

反正一样

……不！从虚乏的软弱里挣出，
　　无处可走！无处可走！
我的心儿被环绕而过，
　　好似水流！好似水流！

在那天穹之上——莫非已经写就
　　谁的作品？
两个恶魔已潜入灵魂，
　　恐惧和希望？

我挣扎着，我已无药可救，
　　那么长久，那么长久！
反正迟早要沉没，不如快点沉到尽头……
　　可是，哪里是尽头？

Eternite fremissante[1]

我的爱情就一个，就一个，
可我总在愤慨，总在哭泣，
就一个——还因此受到分割，
我爱那分割了的东西。

啊，时间！我爱你的步履，
你的激情，你的均匀。
我爱你高飞的游戏，
你永不背叛的坚贞。

但是，我怎么能不迷醉
另一种给人愉快的奇迹；
厄运来临时的生命之水，

1　法语：战栗的永恒。

火焰，“从那里来”的呼吸！

呜呼！它们已经被分割完毕——
被划分成人道与厄运。
可总有一天，岁月将被汇聚成
一个——战栗着的永恒。

游　戏

从山顶往下坠落也很有价值：
谁经历过风暴，谁就会赞美智慧。
我只对一件事非常珍惜：游戏……
即便是智慧也无法与之匹配。

游戏比一切都更费劲猜测，
人世间数它最大公无私。
它永远——不抱有什么目的，
无论孩子们如何加以讥刺。

小豹抢着线团滚去翻来，
大海玩弄着永恒的忠实……
每个人都知道——把持方向盘——
在旷野里做随心所欲的游戏。

诗人玩耍着韵律的游戏，
泡沫——在高脚杯的边缘漫溢……
而这里，在坠落中，只不过是痕迹——
一场游戏过后小小的痕迹。

好吧！一旦最后的大限到来，
所有的道路已走到尽头，
在彼得守候的天堂的大门前，
我便向他打听关于游戏的情况。

假如天堂里没有游戏可玩，
我将声明——放弃天堂的生活。
我愿意背上我的讨饭袋，
重新回到人间靠乞讨过活。

扇　子

我望着你那张熟悉的脸，
可是却认不出亲爱的恶魔。
我脱下戒指，向你郑重托付的
那个秘密——难道不属于我？

我不想追究所委托的以往，
你无法控制它——我也不能够：
一切忘却的且让它遗忘，
永远离开生活，再不回头。

曾经，因为我们的琐事，
因为我们已经疲累不堪，
上帝，出于温柔和怜惜，
将永恒像折扇般向我们打开。

可你并不接受上帝手中
那获取拯救的绵延，
而在忘却的瞬间，
你扯碎了洋溢着生气的扇面……

从此，它们就开始奔跑，递增，
破碎的空洞的绵延……
　　假如折扇能够重新叠成，
我可否在其中将你再度发现？

回　家

关于土地的
　　许多童话
　　　　对我瞎扯：
　　　　　　“既有人，也有爱情。”

而世上遍布的——
　　只是残酷，
　　　　自私，假面，
　　　　　　谎言和尘垢，谎言和鲜血。

当我
　　被怂恿着出生——
　　　　不曾说是这样一个世界。

我又如何

能够

不同意?

唉,如今——回家!回家!

(以上选自《闪烁集》,该诗集于1938年在巴黎出版,所有作品均没注上写作年代。)

我早就不知什么是伤悲[1]

我早就不知什么是伤悲，
很早就不再流淌泪水。
我不想帮助任何人，
我也不愿意爱任何人。

爱他人——痛苦的是自己。
反正不能安慰所有人。
世界——不就是无底的海洋？
我很早就忘掉了世界。

我面含微笑看着伤悲，
我保护自己，远离哀怨。
我在错误中度过一生，

1　据说，这是吉皮乌斯早年诗作，时年十一岁。

但对任何人都无眷恋。

因此我不知什么是伤悲，
很早就不再流淌泪水。
我不想帮助任何人，
我也不愿意爱任何人。

1880

你们知道吗？

她不会死亡——你们知道吗？
俄罗斯她不可能死亡。
它们正在抽穗——相信吧！
她的田野弥漫着金光。

我们不会死亡——相信吧！
我们是否获救有什么关系？
俄罗斯会得到拯救——你们知道吗？
复活的日子离她很近。

1918.12

大门旁

心中有一种莫名所以的不安，
一个难解的预感的梦呓。
我向前望去——道路那么黑暗，
或许，道路根本就不存在。

可是，我却不能用一句话
去悄悄地打动我心底的生命。
我甚至不敢去感受它，
它像一个梦，像一个梦中梦。

啊，我那莫名所以的不安！
它一天比一天更令人痛苦。
我知道，而今痛苦在大门口，
这整个痛苦——不仅仅属于我！

1913　圣彼得堡

片　断

红色的台灯在桌上燃烧，
而周围，到处是黑暗之墙。
倘若不允许离开这囚牢，
我不愿再苟活在世上。

红色的台灯在圆圆的桌上……
没有人希望走过黑暗。
而倘若整个世界在邪恶中沉沦——
那就需要对它进行拯救。

红色的台灯在圆圆的桌上……
心不断念叨：不是那样！不是那样！
心在燃烧——在迷雾里熄灭：
并没有人前去将它迎接。

1905　夏

我们将不像太阳一样

（致罗普辛）

啊，不！并非在夕阳西斜的时刻，
那时，白昼的鲜花苍白、冷却，
我等待美好的力量的顿悟……

东方——全身沐浴着血与火：
鲜红的香炉在燃烧，红光闪闪，
预言的风儿吹拂着我。

我见识过，洒满红色酒斑的
残酷而贪婪的星辰，
怎样慢悠悠地升起来。

它一身披着荣耀，雍容华贵，

这自然的强壮的魁首
在蔚蓝的高空里——永远孤独。

被迷惑的人们受了引诱，
嫉妒每一道光束，
疯狂的人们！强权之下——没有自由。

我不喜欢阳光下的高空——
那里隐藏着奴性的孤独——
而你——要敢于把自己的蜡烛点燃。

你要敢于抱怨，在怨言中祈祷，
珍藏，握紧人间的明灯，
顺从着——自由地顺从着引导。

你要勇于对忠诚的道路忠诚，
你应该拜倒在神圣的台座前，
自由地度过自由的一生。

自由地谛听……你会听到上帝的呼唤。

1911.1　科恩

小扁桃花

啊，温暖的，啊，粉红色的，
啊，悲惨的小扁桃花！
为什么你要以被诅咒的希望
点燃我沉默的精神呢？

可恶的希望——顽固不化，
丝线缠绕成一团……
啊，易碎的白色的种子，
啊，饥渴的小扁桃花！

为浓烟和煤渣所侵蚀，
为我的所爱抑制着——
我像一只颤抖的野兽爬行，
爬向它，爬向小扁桃树。

火光一边晃动，一边奔跑，

摇晃着，绕成了一团……

啊，烧红，烧红含氰的小花，

啊，可诅咒的小白花！

1911. 11　圣彼得堡

她的女儿

她美丽、苍白，
她甜蜜、温婉，
　朦胧，轻佻，
她那胜利的微笑，
　她那灰蒙蒙的
　奇特的衣裙，
　　我心中的恋人——
　　　我十分憎恨。
　　但我掩盖起这仇恨。

当花园里暮色初降，
秋叶更加枯黄，
　光线更加迷惘——
她在秋千上晃荡……

生锈的铁环在哀号，
诡诈的褶皱缠绕……
　她微微显露，
　　我十分憎恨她
　我知道她是何物。

我能否脱离这罗网？
脱离她童话的垂怜，
　脱离迷人的倦怠……
她有一双雁足，
　柔韧的长发，
　透明，浅淡，
　　如同北方的夜晚，
　　　我十分憎恨她：
　　那是——魔鬼的女儿。

我行将入睡——她悄悄地
奔向父亲——年迈的统治者，
　她自己的导师……
父亲百般宠爱甜美的她，
　宠爱温驯的她，
　用黑爪子爱抚她，

嚷嚷着将她往后送。

　我十分憎恨她，

可又不能没有她。

你无法摆脱她……

　我十分憎恨她：

她的名字——是谎言。

1911.11　圣彼得堡

有翼的……

（致普宁）

柳树淹没了绿雾……
山茶花——苍白。
又一个春天的脚步
匆匆地不期而来。

紫罗兰盛开的原野
苏醒，备受煎熬。
含苞初绽的扁桃
吐出白色的呼吸。

由于霞光——河流在峡谷中
显得更加殷红，
比空气更为轻盈，

比云彩更加赤红。

在燃烧的天穹之中，
像金子一般澄黄——
飞向霞光的人们
背负十字架在歌唱。

1912.2

最后的梦幻

啊，我最后的夜之梦幻，
啊，烟雾，啊，我希望的烟雾！
它们在子夜时分向我飞来，
将衣装的腐朽展露。

相互渗透，相互揉合，
每个梦都像一个黑影，一个黑影……
而在我心中嘲笑着某一名智者，
不断重复：醒来吧！够了！白昼来临。

1912.5　巴黎

爱情——唯一

“心儿不能过着背叛的生活：

没有背叛——爱情只有一个”。

——1896

恰似神奇的唯一性，心灵

接纳唯一的爱情。

在那雷雨初霁的天空中

彩色的虹霓——唯一。

而唯一的七色彩虹却迸溅

七种火焰，爱情唯一，

唯一直到永恒，那种七彩

与我们毫无关系。

其中有紫色，也有红色，
　　有鲜血，也有金色葡萄酒，
时而是祖母绿，时而是蛋白色……
　　七种光辉——但却唯一。

莫非并不全然一样：谁受到注意，
　　谁被光线笼罩了全身，
谁的心儿遇到透明的利剑，
　　谁的灵魂深处就产生共鸣？

不可分割，永远不朽，
　　难以捉摸地明丽，
不可战胜，永不背叛地，
　　爱情活着——永远唯一。

千变万化，闪烁不定，
　　它五光十色——但却唯一。
将它珍藏，用神圣的唯一，
　　为它加冕的——是白色。

1912.11　圣彼得堡

爱情的语言

爱情，爱情……啊，甚至还不是它——
我矢志不渝地迷恋爱情的语言，
从中我体验到另外一种生涯，
它难以捕捉，像无底的深渊。

每条路上都燃烧着爱情的语言，
每条路上——无论是山道，还是峡谷。
突然出现在天真纯洁的嘴唇之间，
在纯洁的嘴唇之间含羞欲露。

千姿百态，又永远万变不离其宗，
忠实于真诚的非人间的谎言，
将我们的“否”与“是”融合进
一个丧失理智——不可思议的联盟——

啊，不论在谁面前，为什么缘由，
恋火中烧的人们总要说出你们！
钻石就是钻石，尽管有的时候，
占有者还配不上拥有它们。

只要灵魂还活着，语言就依然存在。
它们十分可笑——却又非同寻常。
我迷恋过，现在也迷恋爱情的语言，
它们被先知的秘密罩上了一道神光。

1912.12

小心……

只要你还活着，就不要轻易分手，
无论是出于痛苦，还是因为游戏。
爱没得到报偿，便不能忍受，
爱就会收回自己的赠礼。

只要你还活着，就不要轻易分手，
你嫉妒地维护隐秘之圈。
自由的离别会被谎言悄悄渗透，
爱不喜欢人世间的离别。

爱会伤心地吹熄自己的欲火，
在那些蛛网般无聊的日子里，
而在蛛网之中——端坐一只蜘蛛。
活着的人们呀，要小心人间的别离！

1913.1　圣彼得堡

井

由于痛苦而诞生的言语
需要一个灵魂，需要一个灵魂。
我不愿把自身托付给沉默，
言语之于我们就是一种表征。

可是，它那黑黢黢的井口，
有一个沉默的恶魔在守护。
我漫步——知道：喝过悲哀之流，
他就会变得更加恐怖。

灵魂中的言话——是刀子和梭标……
可是，一旦在嘴唇间浮动，
它们就像棉絮在飞飘，
像雪的烟粉，像烟的尘埃。

你碰不到刹那间的飞行，
听不到无力的招呼，
甚至无法抚养新生的婴儿，
连孩子，孩子都不能保住。

狡猾的沉默在一边窃笑：
它们是我的，它们在我心中，
让它们在我的井底死去吧，
死在最底层，死在最底层……

啊，我最后的朋友！能对谁去说，
能对谁去说？向何处去？
道路呀，已经，已经，已经……
你看：已经走上穷途末路。

1913.2　圣彼得堡

枉　然

我会听见，也会明白，
　　而你需要依旧沉默。
你需要对自己的心灵忠实，
　　珍藏好它的钥匙。

我因理解而感到痛苦，
　　并非由于我不爱的缘故，
只因为那是你的痛苦，
　　我不是你，你也不是我。

不要让别人跨越过
　　那一道无形的门槛。
心灵一旦敞开——就会死去，
　　恰似小花被折断。

我们过着两种不同的生活，
　　我们是两面镜子——你与我。
我将带去一切，将它们埋在深处，
　　可是，我还会让它们反映和折射。

你的灵魂……莫非由于这个缘故，
　　我得对它付出那么多：
无论怎样，别个的痛苦
　　都不可能移归于我？

独自痛苦最富有价值。
请让我去惋惜和理解——
你不要去相信爱情与怜悯，
不要打开神圣的大门。
你必须将它的钥匙珍藏，珍藏，
你应该窒息而死——别发出声响。

1913.2　圣彼得堡

L’imprevisibilite[1]

时间之流永无替换，
凭借永恒现实之语言，
　　我嗅到了未来的风，
　　和新瞬间的响声。

它带来了胜利，还是失败？
拿着宝剑，还是橄榄枝？
　　我看不见他的尊颜，
　　我只知道相会的风儿。

像一群非人间的小鸟，
向前飞进一个生活之环，
　　我如何能将它们的飞行抓牢，

1　法语：预先看不见的。

这些虚无缥缈的瞬间？

在拥挤之中，在交叉之间，
我既愿意，又不愿意——
我的大船去切开
神秘的黑沼泽地。

1914.1.1　圣彼得堡

致陈词滥调

我不想离开陡峭的绝壁，
我要敲碎闪烁的花岗岩，
可是，啊，古旧的回声，
我始终不渝地对你眷恋。

我爱有小小快乐的公园，
那里栖居着春天的梦幻，
丁香的倩影，幻想的玫瑰——
像孪生子一般并蒂相连。

温柔对“无垠”的背后十分倾心，
一切是韵律——处女——不多的少妇……
啊，它们感人至深的亲近
多么紧密地将我的精神迷住！

你们被赶走……幻与美在战栗，
好似幼稚天真的孩童……
我亲吻着它们的脚踝，
我亲吻着衰老的嘴唇。

长薄木片的屋子的建造者，
空荡荡的豌豆色屋子的建造者，
集市上的宝物的搜寻者——
一群害怕永恒话语的人们。

我并不害怕。在陡峭的悬崖上，
我将它们带进石砌的隐修室。
我给它们挂起摇摆的吊床……
请让它们休息！请让它们休息！

1914.1　圣彼得堡

变化不定的

今天是一个斑点很多的日子：
透过被红针戳破的屏风，
一会儿我回忆闪烁的彩虹，
一会儿我看见太阳盲目的影子。

心中抱有一种无耻的恐惧感！
心中涌起疯狂无比的思想！
屋子里既有光明，也有黑暗，
公共汽车在大街上不停地歌唱。

虚伪的太阳撒谎，将雨点抛洒，
可是，一月的雨点更不诚实，
寒冷像链锤一般击打，
黄昏的迷雾将蜷缩成一颗颗晶粒。

而我不能出去——到处是冰天雪地，
在消融不多的雾气中，我能走向何处？
那里，鲜红的火盆，在冰雪地里，
在十字路口，神奇地点燃。

1914.1　圣彼得堡

依然是她

铜铃的轰隆，火药的烟味，
黏稠的棕黄的流水，
爬行的躯体，潮湿的沙沙声……
哪些属于自己？哪些属于别人？

没有徒然的等待，
和不可企及的胜利，
可是，幻想的实现，
障碍的克服——同样不能。

大家一致，一切雷同，
我们也罢，他们也罢……只有一个死。
机器在无休止地运动，
战争在吞噬，在吞噬……

1914. 12

我们的诞生

代替了圣诞节的蜡烛，
探照灯的白光在寻索；
蓝灰色钢剑的闪烁
代替了圣诞节的蜡烛。

代替了天使的诺言，
敌人的飞机在盘旋；
地洞里痛苦的等待
代替了天使的诺言。

可是我永远不会屈从于
旋风，钢剑和战火。
我珍藏起一支蜡烛，
我要重新把它点燃。

我要重新默念祷词。

诞生吧，亘古长存的词儿！

温暖一下人间的静寂。

拥抱一下亲爱的土地……

1914.12　圣彼得堡

神秘的

我能把死亡怎么样——我一概不知。
那么，你们？别人？——知道否？知道否？
只是隐瞒不说而已，你们也不知道。
而我可不愿意掩饰自己的无知。

无论你怎样生活——生命都不能回答。
莫非说生命能够战胜死亡？
据称——唯有死亡才能战胜死亡。
这就意味着：每条路上都可能遇见它。

而我对整个儿的它都十分反感。
只是爱我那神秘莫测的生命。
因为它的神秘，我才如此痴情，
我临死的时候都不能够与她见面。

1915. 2　圣彼得堡

他

他接纳了人间路上的苦难，
他是第一个，他是唯一的。
他弯着腰，不顾身体的疲倦，
给仆人洗脚——他可是主人呀。

他和我们一起痛哭，陆地
和汪洋大海的主人，
他是我们的皇上、兄弟和导师，
而他也是—— 一个犹太人。

1915. 5　圣彼得堡

并非关于那个

两个答案，浅紫色的和绿色的，
两个答案，可它们却是同样的；
或许我们的旗帜有些差别，
或许——每个人都有自己的道路，
我们忍受着痛苦，向前，向前……
我相信……但是我的诗并非关于那个。

我的诗——有关自由，有关强力。
莫非也有关痛苦，有关幸福？

每个人在他人生路上的痛苦
越是千变万化，就越是始终不渝？
可我们每个人都有一份宝藏，
被支配着将它们贡献出。

为什么我们要“流离失所”地寻找
在“冰冻的沼泽”中枯萎的路标，
我们要为孱弱、赤裸和贫困骄傲？
“极乐城”向大家开放，莫非不知道？

需要——我们知道——永远或瞬间
需要我们进抵那一座城市。

乞丐走到白色的大门口行乞。
衣衫褴褛，像从前一般猥琐……
倘若有人问他：谁在那儿？
朋友，为什么你不穿上新婚的礼服？

我的诗与幸福无关，与痛苦无涉：
我只歌颂强力，只为自由而歌。

1915.11　圣彼得堡

没有宽恕

不，我永远不接受调和，
　　我的诅咒决不收回。
我不原谅，我并不想摆脱，
　　再落入残酷的氛围。

像大家一样，我活着，死去，自杀，
　　像大家一样——自我毁灭，
可是，我不愿意——以宽恕
　　来玷污我灵魂的纯洁。

最后的时刻，黑暗里，火光中，
　　让心儿别忘记这一点：
永远不要宽恕战争，
　　任何时刻都不应该。

假如这是上帝的手掌——

　　一条洒满鲜血的道路——

我的精神也要与他对峙，

　　哪怕是上帝我也不顾。

1916.4　圣彼得堡

今天在地球上

发生一桩如此困难
如此可耻的事情。
几乎是不可能——
如此困难的事情：
向上耸一下眉毛，
瞅一眼母亲的脸，
她的儿子才被谋杀。

但，还是别再议论这件事吧。

1916.9.20　圣彼得堡

在谢尔盖耶夫斯卡娅街道上

我临街的窗子很低，
　　低矮而又完全敞开，
在那完全敞开的窗口下，
　　铺路的枕木离此不远。

枕木之上——有许多盏路灯，
　　所有人，所有人都在枕木上……
脚步声，嗥叫声，尖叫声，
　　人来人往，熙熙攘攘……

他们的衣着和脸面就像木块。
　　他们，活人和死人——在一起。
就这样承受着生活，苟延残喘，
　　活人和死人挤在了一起。

窗子无法对他们关闭。

我自己呢？活着，还是死了？

反正一样……我和他们一起悲泣，

反正一样，活也罢，死也罢。

没有过错，谁也说不出答案。

地狱之中不存在答案。

我们自以为正在世界上活着……

可实际却在悲号，悲号——在地狱。

1916.12　圣彼得堡

桥　梁

我不再谈论死亡
周围再没有关于死亡的词句；
不管你愿意与否——请相信：
　　死人都还活着……

并不是因为死亡——我才退却，
而是需要——我才退却，
而是需要——我才炸掉桥梁，
　　桥梁那边——并不是死者……

冒烟的队伍被斩断，
浴血的队伍也被隔离，
看哪！留在了桥那边的
　　活人——比死人还僵死……

1918.2　圣彼得堡

黄色的窗子

请到这里来，看一看，
透过黄色的玻璃窗，
看一看，天空如何狂野，
如何阴暗，如何明亮。

一堆蛆虫般的烟云
聚拢成一团，在爬行。
在滚烫的黄土坡之上，
柳树死沉沉地枯黄。

沟壑底部的溪流——
像黑色的葡萄酒。
草儿爬上我的窗子——
像一片烧焦的废纸。

四月小树林的躯体
毫无理智，血迹斑斑。
单调、痛苦，淅淅沥沥地
喷洒铁锈色的雨点。

可恶的窗子随处可见，
那些黄色的窗玻璃。
我的大地黯淡，
我那大火燎过的土地。

1918.4

有一些话语

每个人都有自己迷人的语词

　　它们似乎什么也不标示，

可是，一旦牵动记忆，一掠而过，一闪即逝——

　　心儿就要欢笑或者悲泣。

我不喜欢重复它们，我将它们珍藏

　　在心底，并且有意识地遗忘。

我将在新的彼岸与它们相会：

　　它们将被书写在天堂的大门上。

1918. 6

也　许

生活的色彩很快就要起变化，
我将要离开所有的亲人，
去寻找另外一些解答——
　　假如我厌倦了人间的答案。

再不会出现向无底深渊的坠落：
不过是沿着阶梯一级级走下去，
不过是卷成一筒星星的手卷，
　　如果开了头——就将它读完。

1918.6　圣彼得堡

一如往昔

你那一颗感伤的星星
带给我的快乐并不长久：
一闪而过——便向那里，向大地
坠落，像一块黑色的石头。

你那一颗感伤的心灵
不敢去爱慕微笑，
离开了我，那么急匆匆，
戴着黑色的面罩。

可是，我永远把你的命运
与我的——系结在一个希望里。
无论你在哪里——我永远追随你，
我对你情有独钟，一如往昔。

1918.9　圣彼得堡

摇 摆

我所有的“我”像钟摆似的晃动，
　　振幅很长，很长，很长。
摇摆，穿梭，交替不停——
　　时而是希望——时而是恐慌。

由于知与不知，由于不定的闪耀，
　　我的肉体慢慢地死去。
上帝，莫非是你判定了
　　这疯狂的摇摆的痛苦？

中止它，将这令人疲乏的折磨
　　静止下来！静止下来！
但是，不能依靠堕落的恐怖，
　　而要凭借升腾——依靠爱情。

1919.2　圣彼得堡

徒　劳

我踩着白茫茫的冰雪漫步，
每一步——都是灼伤和皲裂。
寻找着你——明知道将无所收获，
恰似没有对立我就找不到统一。

小小的太阳恶狠狠地盯视
（对太阳而言，既无过去也无未来）——
那些易碎的透明的窗玻璃，
那些过路人青色的嘴脸。

你沿着那条灼人的道路，
无论何时你前来找我，
总是那一个太阳照耀着
你的徒劳和受伤的脚踝。

1919.3　圣彼得堡

寂　静

街道上一片白色的寂静，
我甚至听不见自己的心声。
心儿，你为何默不作声？
那么安谧，那么安谧的寂静……

白色的雪城——醒来吧！
月亮——是一面染血的盾牌。
未来更加神秘莫测……
我的心儿，醒来吧！醒来吧！

复活——大众并不需要，
安谧的雪，死一般沉寂。
罪恶已把整个城市笼罩，
我悄悄地哭泣，为众人哭泣。

1918.12　圣彼得堡

暂　时

我憎恨人世间的“暂时”：
一切都有尽头，无论痛苦与欢乐。
须知，无论河流如何源远流长——
它总会有尽头，流到海洋中汇合。

我同时反对大地与苍天，
既反对懿行美德，也反对灭绝人性；
我只接受你一个，死亡！
唯有你身上没有“暂时”——只有永恒。

1919.4　圣彼得堡

从哪里来?

她永远不会清楚，
我曾经多么爱她，
这爱情曾经刺痛过
我整个儿生涯。

我爱她白色的衣裙，
为每一根发丝迷恋……
可是，即便我能诉说——
她又怎能够明白?

语言曾经那么遥远……
就这样——直到生命尽头，
在我寂寞的人生路上，
她把我默默地送走……

我既没怨恨，也没责备……
每件小玩意儿我都感到亲近，
每一只触摸过她的手臂
都会令我泣不成声。

她不知道——永不知情，
我曾经多么爱她，
爱情以怎样的利刃
刺痛我整个的生涯。

或许，只有从那里来——
假如她已到了那里——
她借助这泪水涟涟
才能明白我这爱情的奇迹。

1920.5　华沙

亲爱的

既存在着痛苦的纯贞，
也存在着爱情的纯贞。
哪怕我的沉默就是罪孽——
我的血液就携带了这罪孽。

我不会叫出亲爱的名字，
无声的爱情堪称神圣，
双唇将沉默锁得愈紧，
那思念就愈加笃深。

1920　巴黎

泉

流淌吧，

流淌吧，

清凉的秋天的山泉。

祈祷吧，

祈祷吧，

请更坚定不移地信赖。

祈祷吧，

祈祷吧，

以你不合时宜的祷词。

流淌吧，

流淌吧，

秋天的山泉十分清凉……

1921.9　维斯巴登

即　将

什么都不会实现。

　　但我还相信。

到处是一片废墟。

　　但我还希望。

所有人都在欺骗，

　　但我还一往情深。

周围遍布了不幸，

　　但快乐即将来临。

　　快乐已不远，

　　彼岸——就在此岸。

1922

条　件

春天，在一个寂静的傍晚。
星星怀着爱意照耀我们。
你对我说：我是忠实的，
但——并非是没有条件的忠实。

我是第一次听到这样的表白
（我只知道无条件的忠实），
我微笑着看了你一眼，
不发一言地——离开。

词语和沉默

大地上存在着这样一些词语：它们就像影子，
就像影子的影子——我并不相信它们。
还有这样一些沉默——无梦之梦，
仿佛是对非存在的预感。
可是，我更喜欢另一些词语和沉默；
我的灵魂缓缓敞开，
当词语插上翅膀，变得更为纯净……
当沉默自由地在闪烁。

我感到伤心的是，你不爱词语。

记　忆

在意志薄弱的人类记忆，
我留下一道短暂的痕迹，
但这一个存在的幽灵，
它朦胧、虚假而空洞——

它与我何干？
　　　　　　我自行生活，
倘若并非如此……或许有人，
稍稍记得你，或许你会被
所有人遗忘，又有什么差别？

漫长的世纪，短暂的时日，
一连串一连串地飞逝，
在陌生的记忆中不存在生活，

记忆就像遗忘，犹如影子。

只要我的肉身还在大地上
存在，还有一丝呼吸，
我唯一关心的就是，
上帝永远不会将我忘记。

1913—1925

三重性

世界因为三重的无限深邃而丰富，
诗人也被赋予这三重的深邃。
难道诗人们避而不谈的
仅仅是这一点?
　　　　仅仅是这一点?

三重的真理——是三重的门槛。
诗人们，请相信这可靠的律令。
上帝关心的仅仅这一点：
人
　爱情
　　　与死亡。

1927

复杂性

向淳朴回归——为什么?
为什么——即使我真的知道。
但不可能所有人得以回归。
像我这样的人，就做不到。

需要通过荆棘密布的灌木丛，
它黏力极强，我难以穿行……
我仰面跌倒，
无法第二次抵达淳朴，
往后——回归绝无可能。

1933

罪

我们宽恕，上帝也宽恕。
我们因为无知而渴望报复。
但恶行——必将受到惩处，
它来自自身，在自身中潜伏。

我们的道路纯净，职责简单：
无需报复。复仇的并不是我们。
蛇将自己盘成一大团，
紧紧地咬住自己的尾巴。

我们宽恕，上帝也宽恕，
但罪衍不懂得宽恕，
它自行其是，遗祸于己，
血要以自己的血来清洗，

罪衍永远不宽恕自己，

尽管我们宽恕，上帝也宽恕。

1933

这　里

这尘世的酒杯

斟满了毒酒。

很早，很早就知道——

一饮而尽，干杯……

　　我们畅饮，但杯底在哪？

　　这酒杯是否有杯底？

1933

（以上作品未收入任何诗歌选集）